JN124150

人生の"サバティカル"留学

"充電と休養"の時間での学びはセラピーでした

髙木　絹子

目次

プロローグ

第一章

第二章

第三章

第四章

第五章

第六章

プロローグ

ハワイ留学へのチャレンジ

＊M-1ビザ(技術取得ビザ)のチャレンジ先はホノルル

　2014年の年始に、ハワイでのセラピー留学の希望を抱いた私は64歳でした。

　留学理由の第一は、自分の健康回復への願いでした。留学前の体調はとても不調で、頚椎手術までも医師からアドバイスを受けていました。なんとか健康を取り戻して、少しでも健康寿命（自立した生活をできる生存期間）を維持してかつ自力で生活費の足しを生み出したいという切なる願いを胸に秘めていました。

　友達が、私の首の痛みを案じて、ホノルルでスピリチュアルなパワーがありとても素晴らしいボディーワークをしてくれる女性セラピストがいる、とのことを教えてくれました。日本のエージェントを通して、申し込みができることも分かり、私は、早速12月に申し込みをして1月のホノルル行きの計画を立てました。首の手術はできるならしたくない。というのが私の切実な願いで藁をもつかむ思いでした。

　幸いにもその噂のセラピストの予約が取れたのです。ホノルルの宿泊していましたホテルへ、彼女の専属タクシードライバーが私を迎えに来ました。ワイキキの喧騒を離れて、少し奥地へ入って行くと、道も細く南洋植物が生え茂ったジャングルみたいになり、行き止まりに着くと南洋の木々の真ん中に燦燦と太陽の光が注がれている一軒の家と玄関前がアプローチになっている場所にたどり着きました。

　彼女のボディーワークの部屋は、生い茂る豊かな木々からの木漏れ日が一直線に差し込んでくる部屋でした。私は、彼女から簡

単な質問を受けて、すぐにマットレスにうつぶせになりボディー
ワークを20~30分してもらいました。彼女は、暫く一人で瞑想し
てくださいというようなことを言ってその部屋からそうっと出て
行きました。

　目を閉じて数分すると、とても不思議なことが起きたのです。私
の左肩にお地蔵さんのような大小の石の塊が数個見える気がしたの
です。目を開きそっと肩を見た瞬間、石達は、ジャングルから差し
込んでいた光の中へ飛んで消えていくように私の目に映ったのです。
あれは何だったのだろうか？　もしかしたら、私の肩の荷になって
いた業だったのかもしれない、と夢や幻かを見た後のように魔法が
解けていくかのごとくに身体が軽くなっていったのです。

　そのすぐあと、彼女がドアを静かに開けてにこやかな表情で現
れました。そして、私の曲げられなかった首が動くようになって
いたのです。その瞬間に感じた不思議な感覚を、拙い英語で伝え
ました。

　私が、ここホノルルでセラピーを勉強すれば、首の痛みは取れ
るでしょうか？　留学できるでしょうか？　と立て続けに質問を
すると、彼女は、留学も出来るし、痛みも治りますよ、と優しく
微笑みながら言ってくれたのです。私はこの地にこの年齢の今留
学をする事が、自身の浄化になるのではないだろうか、とまるで
確信するように自分の心に説いたのでした。

　首周りの痛みと左腕のしびれに悩まされていました時は、いっ
そ湯治場へ避難したい気持ちも浮かびました。

　北欧には"フォルケホイスコーレ"という勉学システムがあり18
歳から98歳まで受講可能という話を友人から聞きました。3食付

の寄宿生活で手に職をつける勉強が出来るシステムがあるとのこと。日本には温泉という宝がたくさんあるのですから、そこに寄宿舎みたいなものを作り、北欧のように若者も高齢者も学べる施設が将来できたらなんと素晴らしいことでしょうと思いました。勿論外国人も北欧同様の受け入れシステムを設けて、などと、無いものねだりの夢を見ていても仕方が無い。時は刻々と過ぎて行き、私の老いのスピードも止まりはしないのですから……。再起を賭けてリハビリをするとなると、私には、ホノルルでセラピーの勉強をしつつ湯治場にいるつもりでワイキキのビーチ通いができればベスト、と2014年の年始に思ったのでした。

　もうひとつ私の胸の中には希望がありました。自分が54歳の離婚と同時に必死で娘の住む東京の浅草にて起業した零細会社にいつまでもしがみ付くことなく、子供たちにバトンを渡したい。そして、その会社の運営のすべてを自分がいなくなっても大丈夫なように世代交代トレーニング時間にもしてあげたい、という夢でした。

　常夏のホノルルで自分の健康促進に心を注ぎつつマッサージセラピストの勉強をしっかりと身につけて、自分の将来へのケアーや家族や友人へのセラピーができるようになれば、日本に帰国後、その分野の短期講習を追加で受けて、必要ならば日本での修了書を、取得すれば良いのではと思ったのでした。

　アメリカへの技術取得ビザ申請書類提出までには、クリアしていかねばならない壁が次々に現れ、速やかにそれらのハードルを乗り越えての進行が必要となりました。長きにわたり書くことも無かった両親の生年月日や2人の保証人も必要でしたし、自分の出

身高校や短大などの卒業証明書や成績証明書の提出準備等々もしなくてはなりませんでした。高校からは「あまりにも昔なので卒業証明書しか出せない」と言われました。女子短大は4年制の女子大学になっていましたが、速やかに英文の成績証明書を出して頂け、ホッとしました。

入学希望のハワイマッサージアカデミーのスクールアドバイザーが国際コミュニケーションセンターという留学サポートセンターの会社を教えてくれなければ、M-1ビザ対策に無知識な私には留学への扉を開くことはとても難しかったかもしれません。若い方には求められない英語の作文がシニアには必要でしたし、アメリカ大使館での面接時のアドバイスも国際コミュニケーションセンターから頂けました。ビザは4月初旬に数々のサポートのお蔭さまで無事取得できました。すぐに長期海外滞在保険の手配等々の開始も必須。それらを、親切・丁寧・迅速に指摘をしてくれましたのは留学サポートセンターでした。餅は餅屋のご支援に助けられた64歳の私でした。

生活試行錯誤

留学先での住まいの手配も難題。

若ければ、ホストファミリーを探すのも良いと思います。ホームステイ先から学校へ自転車を使っての通学生もいると聞きました。シニアの自分はきっと学校から帰宅すればほっと一息つきたくなるでしょうと思うと、一人暮らしがベスト。ホームステイには魅力を感じましたが諦めました。2014年頃には、ホノルルでは日本で見るようなシニアでも乗れるママチャリは見たことがありませんでした。置いた場所でチェーンロックするスポーツタイプ

の自転車はよく見かけましたが、そのような自転車への挑戦は無理難題。

　学校が管理運営しているコンドミニアムは生憎空きが無くガックリしました。学校近くの1Kやスタジオタイプの安いコンドミニアム（オートロック付きのマンション）探しは、不動産屋さんに頼むよりほかはありませんでした。コネ無しとなれば、便りはインターネット情報のみ。ネットにて格安コンドミニアムの提供をしているサイトにアクセスしましたら、月に600ドルや700ドル位の格安価格のコンドミニアムがありました。しかし、格安には、それなりの問題もありました。プールサイドであったり、エレベーターのすぐ傍で騒音が気になる場所だったり等々。ホノルルの多少大きめなコンドミニアムのほとんどにはプールとジャグジーとスポーツジムが併設されていました。

　一人である程度のんびりとした時間も持ちたいとなれば、高層ビルのコンドミニアムでもエレベーターが比較的使いやすい中層階で、災害時には非常階段を使える10階位までを薦められました。

　ホノルルのセンチュリーセンターの中にある学校へ徒歩にて30分以内で通えるという選択肢の中から、私はアラワイ運河沿いのアイランドコロニーの10階を選びました。こちらのオーナーは日本人でしたので、備品に炊飯器もありました。

　留学費用について、アメリカ大使館へ提出の銀行残高は300万円から500万円が妥当と、留学サポートセンターから伝えられていました。300万円は、自分の定期預金満期分を、その金額では、アメリカ大使館からNGになりそうと思い、子供たちからも借用してアメリカ大使館へ400万円位の銀行残高証明書を提出しまし

た。老後資金前倒し決行！

　実際に掛かった費用は、

　1）マッサージスクールへの15ヵ月の授業料（ハワイ州でのライセンス取得まで）が、7,650ドル。

　ハワイマッサージアカデミーには、15ヵ月分の授業料が、5,760ドルのマッサージコースと7,650ドルのエステティックコースがありました。マッサージコースには日本語のクラスもありましたし、日本人男性の生徒さんもいました。インターンになるとお客様への実習がふたつのコース共に必要となります。お客様にはプロよりも格安価格のインターン学生にセラピーを希望する方々も多くいます。

　私は、左腕の痛みと全身の体力に自信のないことで、とても体格の良いローカルのアメリカ人の全身マッサージをするのはとうてい無理と思い、エステティックコース7,650ドル（化粧品／キット代含む）＝主にフェイシャルマッサージとハンド＆フットマッサージ等を学ぶコースを選びました。学科250時間と実技訓練・インターン350時間が必須でした。学科の授業はアメリカ人の先生でしたが実技の先生はクラスでは英語を話していても日本人でしたので、授業後に、お願いすれば日本語で確認も可能でした。ただ、先生は授業が終わるとすぐ帰られるので、聞きそびれて理解不能なことも多々あり辛い日々も続きましたが、若いクラスメートと仲良しになれましてからは、彼女たちからとても親切に教えてもらうこともできるようになり大変ありがたかったです。

　ネットのハワイマッサージアカデミーの学校案内には、

日本人の留学生が増え、その要望から日本人の為の日本語クラスも開始。日本語の授業のクラスには、通常10〜20名の生徒が在籍勉強中。ハワイマッサージアカデミーはハワイ州の公認校である為、専門学校留学に必要なM-1ビザ発行の為のI-20という書類を発行することができる数少ないマッサージ学校のひとつでもあります。留学生にむけてビザの取り方も丁寧に指導しています。
　————と、記されてあります。

　2）滞在費1ヵ月あたり、家賃1,500ドル（水道・光熱費含む、家具・備品・食器つき）
　3）食費（外食含む）500ドル（学校の近くに日本の大型スーパーがあり、一人暮らしでしたので玄米菜食自炊、おにぎり持参の質素な暮らし。でも、若いクラスメートとの外食も楽しみのひとつでした）
　4）娯楽・交通費等々500ドル位。（ワイキキエリアから少し離れた所にあるパワースポットを訪ねたり、クラスメートとマウイ島へも行きました。基本的には学校へは往復歩きでも、雨の日には市バスを使うこともありましたし、遅刻しそうな時や、何かの用事で出かける時などにタクシー使用も数回。タクシーにはチップが必要）
　合計月に約2,500ドル。

＊ホノルル留学後の"つぶやき"

2014年07月16日　（水）

カヌーを一人で漕いでいた女性

　今朝学校へ行く途中に、ホノルルの海に繋がるアラワイ運河で、カヌーを一人で逞しく漕いでいく女性を見ました。今日はバッグにカメラが入っていることに気付いた私は、その姿を写そうとカメラを出すと、彼女はもうずっと先に行ってしまっていました。彼女を前側から写そうと、追いつく為に必死に走った私。でもカヌーのスピードはかなりのもの。途中で、彼女を追い越すことは諦めました。が、なんとか一枚横並びで写すことができました。彼女は、カヌーを勢いよく力強く一生懸命に無心で漕いでいるように見えました。とてもいじらしく見えたその姿。逞しくも、いじらしい後ろ姿のカヌーは、あっという間に私の視界から消えていきました。

2014年8月3日（日）

一人ぼっちのオンザビーチ

　ホノルルのビーチで、午後のひと時の休みをとってきました。通学している学校は、毎週月曜日がテスト。プレッシャーが毎週ウィークエンドにやってきます。学生になったのだから、勉強が仕事。頑張らなくてはならないことは、十分承知。でも、やはり辛い！　クラスメートの多くは20代か30代、ハズバンドかパートナーあるいはアメリカ人の友達がいる方が多い。シニア留学の私は、いつも、一人ぼっちのウィークエンド。ホノルルなのだから、せっかくなのだからと、アフタヌーンのビーチへ一人とぼとぼ、ゴザ（GOZA MAT）を持って海に出かけました。ヨットを撮るつもりで、カメラを海側に向けると、一人ぼっちのおじさまが目に留まりました。オンザビーチの一人ぼっちは私だけじゃないと、ツルッとした頭のおじさまの姿が、笑いを届けてくれました。その時白い鳥が一羽、おじさまの頭の前で止まったのです。"いまだ！"と、おじさまの許可なしでシャッターを押しました。一人でも大丈夫と、ブルーハワイが、私にささやいているような気がした8月の第1土曜日の昼下がり、ホノルルビーチのひとコマ。

2014年8月6日（水）

暗記トレーニングは、私には脳トレ！

　ホノルル暮らしの夢が、M-1ビザ取得で得られた私でしたが、セラピストになる為の勉強とトレーニングが、とにかく私にはハードルが高い。多分、科学の世界になってしまうので、日本語でも私の脳には厳しいはず。なのに、英語でなんてほんとうに無謀な選択をしてしまったと思う。3ヵ月位のESL（English Second Laguage→英語を第2言語として学べるプログラム）にしておけばよかったかも、という思いがちらほらと脳裏をよぎる。でも、もう頑張るしかないのだ！　とセラピストを夢見て、勉強に励む自分を褒めてあげよう。

　娘が、私にプレゼントしてくれた「脳トレゲーム機」の暗記テストで、結果が90歳の脳と出てしまい、以来ショックでそのゲーム機は書棚の奥に入れっぱなしに……。手製の単語帳を作って、めくるのを繰り返すのは、何十年ぶりだろうか？　ちょっぴり、青春気分。暗記トレーニングは、脳トレゲームより実用に迫られた記憶方法のような……。

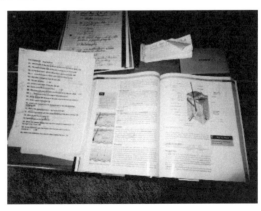

8月に入り、ホノルルの日本語新聞「日刊サンハワイ」にコラムニスト募集という文字を見つけて、私はコラムニスト希望メールを送ってみました。

　もし、クラスに同世代の気の合う方がいたら、孤立感などを抱く暇は無かったかも……。そんな留学スタートであったなら、コラムニスト希望メールを新聞社へ送ろうとは思わなかったかもしれませんでした。

＊コラムニスト希望メール

　2014年8月12日に「日刊サンハワイ」へ送信
　日刊サンハワイ
　コラム御担当者様
「日刊サンハワイで、あなたも、コラムを書いてみませんか？」という文字に惹かれまして、メールを送る決心をしました。
　私は、7月7日よりハワイマッサージアカデミーにて、セラピーの勉強を始めましたM-1ビザの髙木絹子と申します。
　今年の12月28日で、65歳になります。決して、若くはありません。
　でも、興味を抱いた事を学ぶのはとても好きです。
　stay foolish & stay hungryで、いつまでも自分を育みたいと願っております。
　私は、1987年から1989年、37歳から39歳までシアトルで生活していました。
　小学生の子供たち3人を連れてF-1ビザにて、2年間専門学校へ通学をして卒業しました。その間に、シアトルの日本語放送局JEN

（現在はラジオ局から情報誌「ゆうマガ」へ移行）にて、月に2回おしゃべり時間を5分担当していました。

　自分の人生の紆余曲折を綴りました『NAMIURA浪裏』を2009年に文芸社から上梓しました。自分への禊でもあり、又、孫たちへ拙くとも精一杯に生きた祖母の背中が見せられたらという願いもあったかもしれません。

　その拙著がきっかけで、日本旅行作家協会へ入会いたしました。昨年2月は、日本旅行作家協会会員取材旅行でオーストラリアのタスマニアを訪ね、カンタス航空のカンガルー通信にエッセイを書きました。

　セラピーの勉強の他にも、ここでヨガを習ってみたいとか、希望はたくさんあります。

　しかしいまは、毎週の試験で勉強中心の生活です。

　9月からは、インターン生活になりますので、時間はつくれると思っております。

と送信しました。

　見本で千文字位の原稿も、ひとつ添付しました。

《ハードルが高すぎました》

　ホノルル暮らしの夢が、M-1ビザ取得で得られましたが、セラピストになる勉強とトレーニングが、とにかく私にはハードルが高い。日本語でも科学の世界になってしまうので、私の脳には厳しい！　おまけに英語でなんて、ほんとうに無謀な選択をしてしまった。3ヵ月位のESLにしておけば良かったのに「後悔先に立たず」になっています。ともあれ頑張って完熟女セラピストになることが目標。勉強に励む自分を、褒めてあげようと思っています。

皮膚の勉強ではtelangiectasis（毛細血管拡張症）という単語が、テストに出てくる予定。

　なんとか覚えなければと、私は"tel&an&gi"＝（一人でジーと電話を待つ）と覚えました。

　平方根1.41421356は「ひとよひとよにひとみごろ」等と暗記させられたもの、と、遠い昔の記憶が私の頭の中で蘇りました。お世話になった暗記法です。記憶の劣化を、ひしひしと感じるようになったのは60歳位からでしょうか。何かを話そうとした時に、固有名詞が出てこないことが多くなってきました。

　以前、娘が、私にプレゼントしてくれました脳トレゲーム機を使ってみましたら、私の脳は90歳。頑張ってその脳トレ機でトレーニングをしても80歳の脳との結果。以来、そのゲーム器は、書棚の奥に入れっぱなしとなりました。

　留学という大イベントを起こしてしまった私を待ち受けていたのは、勉強という大変なハードル。手製の単語帳を作って、めくるのは、何十年ぶりでしょうか？　ちょっぴり青春気分もしますが……。

　暗記トレーニングは、脳トレゲームより実用に迫られて効果が出そうな気がします。教科書を開いて写真を撮りフェイスブックにアップ。すると、久しく会っていなかった友達から「アートの勉強に行ったかと思いきや、そんな大変な勉強にチャレンジしているとはビックリです」とメッセージが届きました。

　日本で、マグネットアートを制作していました私は、去年はデンマークへデザインの勉強に行くつもりでした。しかし、残念なことに直前の怪我で断念。体力回復のためにと癒しの勉強をホノルルで選択。空の蒼、海の青、爽やかな風、この天気こそ、癒し

の空気。大きく深呼吸をして、美味しい空気をお腹いっぱいに吸い込んで、体内浄化をするつもりです。セラピーで使う言葉は、ラテン語から来ていると先生が言っていましたが、さっぱり分からない私。フェイシャルのマッサージトレーニングでいつも使う筋肉の名前は、Platysma（プラティズマ）、Mentalis（メンタレス）、Zaigomaticus（ザイゴマティカス）、Naisalis（ネイゾレス）、Frontalis（フロンタレス）。セラピーで脳トレを頑張るつもりの私に、フレーフレーとエールを送っています。

　すると、「日刊サンハワイ」から返信メールが

髙木様

お世話になっております。

コラムのサンプル原稿をありがとうございます。

テーマ的には特に問題はないと思います。

ウェブサイトも拝見しました。

マグネットアート、面白そうですね！

いろいろなご経験があるようで、

是非お話を伺えたら……と思います。

話題をあまり限定せずに、コラムの中で「学ぶ」ことの面白さを、読者に伝えて頂けると良いですね。

お会いできれば、いろいろコラムについてもご説明ができるかもしれません。

センチュリーセンター1階にオフィスがありますので、いつでもご連絡くださいませ。

よろしくお願いします。

Yuko

日刊サンハワイ

と担当編集者からの返信が届き、早速会いに出かけました。

　面接をしてもらい、9月から月に2回のボランティア掲載することで、契約書にサインをしてきました。

＊過去のF-1ビザでの留学先はシアトル
子供たち3人を連れてのチャレンジは1987年37歳

　今回のM-1ビザ留学は技術取得ビザ（15ヵ月の予定）で、アメリカ大使館の面接官へ伝えました希望は、2020年の東京オリンピック・パラリンピックでのマッサージボランティアでした。

　前回の留学は、37歳の時でF-1ビザを取りシアトルのグリッフィンカレッジへ通いました。小学生の我が子3人はF-2ビザを取り現地校への入学手続きを済ませ、自分は専門学校でコンピューターやタイプを学び事務処理を2年で覚えるという予定でした。

　夫は自由の利く観光ビザ。夫は、「体調不良ということで長期休暇を取ります」というような挨拶の葉書を仕事の関係先に出しました。

　世の中にありがちな出来事ではありますが、個人経営の企業では社長と専務の間にはたくさんの意見の相違がありました。当時の私は、義父の社長と夫である専務の意見を調整する術など到底分からない行き届かない嫁で、時の流れに翻弄されながら無我夢中な日々でした。

　義母は、次男が生まれて半年経過した頃に心筋梗塞で他界してしまいました。お姑様がいてくれたら、と思うことが何度もありました。

ともあれ、1987年から1989年までをシアトルにて子供たち3人と夫と私のファミリータイムを過ごしたのでした。

　夫が私と子供たちのF-1とF-2の留学サポートも。当時は私も日々を必死に生きていたので、夫が子供たちの世話をしてくれていたことに対して、優しい言葉で感謝を十分に伝えることができていなかったと思います。

　なのに、今、家族5人で過ごしたシアトルの日々は懐かしくありがたく淡いセピア色の思い出となっています。

　時代は、昭和から平成に。2年の留学予定を終わらせて、私は、なんとかグリフィンカレッジの卒業単位を取って卒業式にも晴れて出席できました。

　子供たちは、現地校の勉強に加えて、土曜日の日本人学校の勉強がとても大変だったようです。しかし、自然豊かなシアトルの街での現地校生活にもボランティアの英語の先生が付き、友達ができて、スランバパーティーというお泊まり会に行ったり来たりできる生活が始まりました。

　語学ボランティアをしてくれました方は、日本駐在経験があり銀行をリタイアしたばかりの方でした。娘が最初にクラスで仲良しになったセーラの祖父ライバーグさんでした。セーラから祖父に、我が家の子供たちにボランティアで英語を教えて欲しいと頼んでくれたのです。ライバーグさんが、我が家の子供たち3人に学校で英語を教えている語学ボランティアの話は、シアトルの新聞の紙面に写真つきで紹介されました。私は、その記事を大事に保管していましたが、何度もの引っ越しで失くしてしまいましたのが残念です。

　他にも、渡米後すぐにいろいろなお世話をしてくた方々は、娘

が旭川で習っていた英語の家庭教師のツテでした。私たちを快く迎えてくれましたシアトルのリアおばあちゃん。彼女は70歳に近かったはず。家を探してくれましたのも彼女の息子さんの人脈からでした。

リアおばあちゃんは教会でボートピープルの方々のお世話もしていました。会計事務所を経営していた息子さんご夫妻は、夫と私と同じ年齢位でしたので、彼らも、とても私たちをサポートしてくれました。休日には、ヨットへのご招待も。彼らの家族と一緒に、カナダ近くまでの船旅経験もできました。たくさんのラッコの群れをヨットからすぐ近くに見られて、我が家の子供たちも大喜びでした。リアおばあちゃんのお孫さんのクリスティーが5人の娘さんたちを連れて、数年前に日本に遊びに来ました。その時の思い出は、本作第4章のコラム"着物ブーム"に記しました。

日本では想像のつかない新しい世界に、子供たちはとても喜んでいました。そして、父親が日本では遊んでくれることなどなかったのに、シアトル時代だけは一緒に海にも山にも連れて行ってくれたことが、とても良い記憶になって残っているようです。

娘は、あのシアトル時代が無ければ自分はグレていたかもしれない、と大人になった今でも言っています。

私にとっても、留学期間に親しい交流が生まれましたアメリカ人と日本人の友達とは今もお付き合いが続いています。とても人生の中でかけがえのないハイライトな時間でした。

留学期間中、友からのご縁でシアトルのラジオ放送局JENの社長ノリコさんと知り合ったことで、子連れ留学のこぼれ話を番組

で月に2回担当することになり、その代わりとして彼女から英語の勉強のサポートを受けられることになったのでした。

　出会って早々に、ノリコさんに私の身の上話を正直に告白しました。すると、彼女は、素晴らしい言葉を教えてくれたのです。

　それは、充電と休養の時間【サバティカルタイム】と言えばいいのよ、と。

　ノリコさんのご主人は日本の弁護士事務所に駐在していた経験もあり、冗談も日本語でオチを付けてくれるナイスでフレンドリーなアメリカ人紳士でした。

　ノリコさん家族も、私たちをスキーやシアトルの入り江の傍にある別荘にも誘ってくれました。そこでは、引き潮の時にはみんなでたくさんの貝拾いをして、夕食にはその新鮮な海の幸づくしに……。ああ、こういう時間を癒しの充電時間、サバティカルタイムと言うのかな～、と感じました。

　ノリコさんの娘さん家族も数年前の日本旅行の折に、我が家へ遊びに来ました。ノリコさんのお孫さんたちと、私の孫たちは、英語と日本語でも分かりあえるのか、とても楽しそうに笑い声いっぱいで遊んでいました。彼らの仲介は、ゲーム遊びでした。時代

は、変わっていっても、国境を越えた友情の誕生の光景を見られるのは嬉しいことです。

　ノリコさんとのご縁は、私の短大時代の友達からの縁。彼女と家族は私の渡米前に帰国しました。が、ご主人の赴任先シアトルで仲良しになったシオリさんを私に繋げてくれたのです。シオリさんの友達がノリコさんでした。友達から友達へ、まるでリレーのような縁繋がりができました。

　シオリさんは、実の姉のように親身になって、多岐にわたり私の様々な困りごとを助けてくれました。渡米して2ヵ月が過ぎた頃、激しい腰痛に襲われました。その時も、彼女は私をシアトル郊外のレントンの病院へと車を走らせてくれました。お産の時にも痛みの緩和の為に針を使うという産婦人科医で針治療ができる中国人の先生がいるからと。施術後、信じられないほどその先生の針治療で痛みが治りました。

　彼女は、子供たちに経験させてあげたいからと、シアトル郊外の農園にストロベリーピックやラズベリーピックにも連れて行ってくれて、私にはそのフレッシュな果物のジャム作りも教えてくれました。

　専門学校へ行く前に2ヵ月位通ったダウンタウンのESLで、13歳年下のとても気の合うクラスメートと仲良しになれました。彼女はその後私とは違うカレッジに進み、アメリカ人と結婚しました。結婚式では、私の娘が花嫁である友人のドレスのトレーン（後ろに長く引く裾のこと）を持って歩くベールガールの役をしました。

　彼女は勉強を一生懸命にしてナースの資格を取り、今はシアトルの日系の方々に人気のナースとして活躍しています。携帯電話

のラインアプリができるようになってからは、時おり写真付き近況報告をシアトルから送ってきてくれます。

　サバティカルタイムを教えてくれましたノリコさんに感謝し、娘にも早速その言葉を伝えました。すると、彼女も学校で、「親の転勤で来たの？」と聞かれると、「サバティカルタイムなの」と答えたそうです。すると、「へ〜、じゃ〜、君の親は大学教授なの？」と聞かれ、娘は「会社のトップ位」と返事をしたそうです。

　現地校の事務所から、難民には学校でランチを用意するシステムがあるので、留学生の子供ならさぞ生活が大変でしょうから、ランチチケットが出る手続きをしますか？　と聞かれて、なんとアメリカという国は寛大なのかと驚いた私でした。
　しかし娘は、学校からランチを出してもらう子たちは、バスで違う地区から来る子たちが多いので、近所のお友達が出来なくなるから嫌だということで、私は毎日3人の子供たちのサンドイッチなどを作ってから、自分の学校へ行きました。でも、自分の学校の1時間目の開始時間が子供たちより早くて、結局夫に子供たちを車で送ってもらうことがかなりありました。
　我が家の子供たちが近くに住む友達の家で遊ぶことが増えても、車で送り迎えをしなければいけませんでした。

　kidnap（子供の誘拐）が多発していたので、子供たちが友達の家に遊びに行く時には、車で送り届けて相手のお宅の玄関で、家人の大人に子供を渡す習慣が常識になっていました。でも、ほんとうに、学校の職員室の前には誘拐された子供たちの写真が何枚

も貼り出されていました。誘拐された子供たちは、どこに行ってしまうのか？　とにかく、すべてが異文化！！！

　子供たちは早々に英語がスラスラと喋れるようになっていくのには、驚くばかりでした。

　私の最後のラジオ放送は、1989年7月4日の独立記念日でした。

　1989年にシアトルから帰国。その後には、バブル崩壊の余波にて夫の会社の危機も到来。良いことも悪いことも重なるものだといわれますが、私は鬱病が悪化そして熟年離婚。波乱万丈な荒波が続々と繰り返し私に押し寄せて来ました。

　山あり谷ありの人生を歩んできた私が64歳で2度目の留学を、ホノルルで穏やかな時間を、持てるとは人生ってほんとに不思議。

　生き抜いてみなきゃ～、分からない事がいっぱいある……。

　生きていれば、悲しい事にも辛い事にも出合うが、嬉しい事や楽しい事もやってくる。悲喜こもごもな出合いから、意外な芽が出てくるのが人生。

『禍福はあざなえる縄の如し』

　ということわざがやっと身にしみて解るようになった気がしま

す。辛い時代もあったし、この先に拓ける未来などあるはずが無いとも思ったこともありました。でも、神さまは、精一杯に生き抜いていれば、思わぬご褒美をくださる。そんな時間にやっとたどり着けたのかもしれない。

　30代の頃、心もがいていた私をクリスチャンの友がよく教会のミサに誘ってくれました。そこで知った言葉に、私は、惹かれ癒され勇気付けられました。

・神様のなさることは、すべて時にかなって美しい。

・神さまは耐えられない試練を与えない。試練と共に、逃れる道も備えて下さいます。

・艱難は忍耐を生み出し、忍耐は練達を生み、練達は希望を生む。《艱難とは困難に出会って苦しみ悩むこと。人はときとして、艱難に耐えなければならないときがある》《練達とは練られた品性＝痛み苦しむ経験こそが、人を「ほんもの」にしてくれる》

　苦難を乗り越えると、練られた品性が自分にも生まれ、希望に繋がる日が来るのだろうか？　と、何の保証も無いのにこの言葉から恵みの光が何処かから差してくるように思えた私でした。

　この言葉との出会いがあり、苦難の時を忍んで来たからこそ、今この爽やかなホノルルの青い空のもとに私はたどりつけたのかもしれない。と、すべてへの感謝の気持ちで胸がいっぱいになりました。

第一章

「日刊サンハワイ」64歳から65歳のコラム

＊デンマーク留学がこけてハワイ留学へ

　60歳の還暦を過ぎもうシニアの域、リタイアでのんびりも似合う年頃なのに、私の興味は四方八方へ！　日常生活を送る上での勤め、家庭への仕事や家族への義務が少なくなった分、社会のいろいろなモノ事や人生にまつわる事を面白がる気持ちが膨張。残り時間は、興味のわくものにいろいろとチャレンジして有意義に過ごしたい。と空想を追いかけてdreams come true（夢が叶う）になります様にと行動をしたいと思いました！

　2年前（2012年）の夏、知り合いの娘さんが1年間デンマークの工芸学校に留学後、手作りのキュートなフェルト地の大判ストールを持参して我が家に遊びにきました。彼女は、タブレットで留学中の写真をたくさん私に見せてくれました。彼女曰く、その学校は18歳から98歳まで入学可能。近隣諸国からは70代の女性も来ていたとか。フォルケホイスコーレという勉学システムでの寄宿舎生活という。3食付いて手に職がつくお勉強を学べて、1年でかかった費用が100万円とは……！　私の心は瞬く間にデンマーク留学の虜に。

　そしてその年早速、東京のデンマーク大使館の屋外クリスマスパーティーに参加。美味しいホットワインが喉を通過して私をほかほかに包んでくれました。その時私はデンマーク留学の夢をさらにあたためたのでした。

　デンマーク語を翌年（2013年）の4月からビネバル出版北欧留学情報センターで勉強。目標は10月の短期留学。クラスメートは20代〜30代。私が老眼鏡を鼻の上に乗せて黒板を見て、ずり落ちてくるその眼鏡をちょっと上げてはノートに写すしぐさを繰り返

していると、隣の席のかわいい女性がスマイルで激励。

　そして遂に2013年10月から、デンマークでのフェルト作り留学予定が立ち、私は胸を躍らせていました。

　なのに、まさかの出来事が！

　荷物を成田に送るべく、自宅階段から慎重に運んでいる時、誤ってスーツケースもろとも、私は階段をずずっず～～～いと、転げてしまいました。

　首が、あ～、いたたた～～～、と激痛に襲われ整形外科へ。診断は頚椎ヘルニアの悪化。デンマーク留学はまったく無理、リハビリに半年は費やさねばならないとのこと。

　儚くも私のデンマーク留学は出発を5日後に控えた朝、パーとなってしまいました。身も心もすっかりくじけた私。

　それでも、災い転じて福となす？！　私は年が明けたらハワイでセラピーを受けながらゆっくり休息してみるのもいいかもしれない！　と思いついたのでした。ハワイの青い空と青い海を思い浮かべると、胸の中がパーッと明るくなりました。

＊2014年1月の私のハワイ

　2013年10月からの3ヵ月間、頚椎ヘルニアのリハビリのため、病院通いで明け暮れしていた私。年が明けた2014年1月からは3週間ホノルルでリハビリのためのいろいろなセラピーや針治療を受けました。針治療の先生からの指導で、ウォーキングにも励みました。すると、驚くほどに体が緩やかにほぐれてくるのを実感。後ろへ動かせなかった首をかなり楽に動かせるようになりました。

　ちょうどその頃、日本から友人が1週間ほど陣中見舞いに遊びに来てくれました。彼女は、開運アドバイザーとして活躍中。私を

占ってもらいましたら、今年から2年間天中殺に入るから、仕事は休んで勉強するかのんびり遊ぶかがお勧めとのこと。働き蜂を続けていたら、ほんとうに身体をこわしてしまうわよ、と忠告してくれました。天中殺は季節で言えば冬、修業の時と捉えて過ごすのが大切、と彼女は力説。冬の時期はあたたかいお部屋で読書をして、春になった時にははばたけるような準備をするというのが持論……。

　私の解釈で勝手に、〜あたたかいところでの勉強が良いのであれば、私は、ここホノルルへ留学したい〜と思ってしまいました。でも、1年の留学にはビザが必要。ハワイ大学にはESL.はないのかしら、探してみようかしらとあれこれ考えましたが、ふと別の夢のアイディアが浮かんだのです。
　セラピーの学校へ通えば、自分を癒す術も学べて、老いても誰かに喜んでもらえる手に職を身につけることができる。家族にサービスもできる。これなら喜んでもらえるのではないかしらと思えたのでした。

　ホノルル在住の知人に相談して、帰国前ぎりぎりにセラピーの学校でビザを発給してくれる所を訪ねました。「私がもし留学してきましたら、最高齢になるのでしょうね」とたずねましたところ、「イエイエ70代の方でも通っていましたから、60代はこれから。人生は一生勉強していれば飽きることなく過ごせます」と、74歳にはとても思えない美しく輝いて見える校長先生が語ってくれました。
　私は帰りのチケットが1月末なので、ともかく一度帰国して、体力のない自分がはたしてセラピーの勉強を1年間出来るかどうかを

家族とも相談してくること。そして、家族の許可が下りれば、体験留学に再訪を希望したい旨を伝えて帰国の途につきました。

　1年前は北欧デンマーク留学が夢でしたのに、夢から夢へ。一路、常夏の国への留学へと夢の翼の目的地をチェンジしてしまいました。2014年年初めの願い事は「憧れの地ハワイへの留学」となりました。

＊ハワイ留学準備が開始

　年明け休みの1月末のホノルルから日本へ戻り、子供たちにハワイへセラピーの勉強で1年留学をしたいと、希望を告げたのは2月初旬でした。私の子供たちは長女・長男・次男の3人。娘だけが所帯持ち。2人の子供の母親をしつつ、私が始めました小さな会社を自分の夫と共に守ってくれています。私の夫だった人は千の風になって天空を舞っているはず。今は長女が家長のような感じです。

　娘は連れ合いという後ろ盾ができて子供たちが生まれ、少しずつ逞しく成長してきました。娘からゼッタイに駄目と拒絶宣告があれば諦めなければと思っていました。老いては子に従え、なのだからと覚悟はしていましたが娘は快く許可をしてくれました。「勉強できる間に何でもしたいことをしたらいいよ。葬儀も戒名も希望無しなら自分の生前葬儀と思ってハワイで休息しつつセラピーの勉強をしてきたら」との娘の返答に私はホッとしました。

　娘がすんなりOKを出してくれた理由のひとつは、私も娘も知っているホノルル在住の知人が、私がもし1年間留学するとなれば、サポートを引き受けてくれると言って頂けたことも大きなポイントとなったようでした。息子たちは、母親がどこで何をしようと

自分たちに迷惑さえ及ぶことがなければご随意にという感じ。

そしてハワイ留学へ向けての準備奮闘がスタート。3月の体験入学時にI-20という書類を学校からもらいました。I-20とは、学生ビザを取得するために必要な外国人向けの入学許可書。入学後は在学証明書となり、アメリカ入国の時には提示が必要な大事な書類。ビザ申請代行会社にお助けのお願いもしました。ビザ申請書類DS-160を入力し、大使館での面接前にオンラインで提出する事が第一関門と知りました。

私は、両親の生年月日やら何十年間も書く機会の無かった日付等々を記す事となり、入力の手が止まってばかりで指定時間の90分はあっという間でした。私の父は明治最期の年の生まれでした。40年近く前に逝きました父の享年は68歳。今年65歳になる娘の私。あの世の父と母にともかく娘のハワイ留学を天国から見守ってください、と祈りつつなんとかDS-160の英文字入力を完了させました。

＊ "新友" ができました

ビザが下りた4月は春。私はヨガクラスなどへ通い体調管理に明け暮れし、あれよあれよという間に3ヵ月が経ち留学への旅立ちの日を迎えました。

ホノルル生活を始めた7月1日は夏でしたがあっという間に10月に、季節は日本の秋。たった3ヵ月のホノルル暮らしなのに随分時間が長く感じられました。やっとここまでたどり着けたという思いです。

観光で来ていたホノルルは憧れの地でした。留学してからは学

校へ行きつつ、時々ビーチでのんびり、と想像していました。しかし現実は大違い。7月7日からの学生生活は毎週月曜日のテストが8月末まで続き、分厚い英語の教科書の勉強が週2日。エステの技術習得の勉強が週3日。エステの実技試験は9月初旬にありました。どちらも、フレッシュな頭脳を持っている若いクラスメートたちはスラスラと覚えられる様子でした。年相応に頭蓋骨と脳みその間に隙間ができて記憶力も衰え始めている私のボケ頭では何度聞いても覚えられず、ギブアップぎりぎりの日もありました。

　始めの頃は、周りが若い方ばかりで、授業のあとに一緒に復習できる友達もできず孤立感で精神的にかなり辛かったです。それでも、ノートを快く私に貸してくれる29歳の女性と親しくなり、安心感が少しずつ生まれてきました。

　シンドイ実技の授業が続く日々の中、ある日私は胃痛で病院へ行きました。その晩、別のクラスメートから電話がありました。彼女とはゆっくり話をする時間も無かったのですが、「大丈夫？！私で助けられる事があったら何でも手伝うから言ってね」との彼女の電話越しの声に、私は「ありがとう」と頭を下げながら嬉しい涙がこみ上げてきました。彼女は39歳。10代のお子さん2人の母親。女手ひとつで2人のお子さんを、マッサージとデザインの仕事で育ててきたという。早朝から深夜まで働き詰めの彼女。ベジタリアンの彼女に私の手作り和食でもてなして、電話のお礼をしました。彼女は「まるでお母さんみたい」と喜んでくれました。

　昨年、文京区から台東区まで5キロほどを電動自転車で遊びに来

てくれていました短大時代からの旧知の友を癌で失いました。悲しいより淋しい気持ちのほうが大きかったことを思い出します。この地で新たに学生生活を始めている私に、年が親子ほど違う学友という「新友」ができました。新しい世界へ踏み出すには勇気が要りました。でも、入ってみなければ知らずにいた世界を知り、勉強の山あり谷ありを乗り越えて私の中に小さな自信が生まれた気がします。

＊孤立ではなく自立が願い！

「ダンスは上手く踊れない」という井上陽水の曲がふと脳裏をよぎりました。私のこの指はいまダンスを踊っているみたい、そう思ったときでした。それは、エステをしている私の指が、クラスメートの顔の上で軽やかに動き始めた時のこと。

　学校でエステの実技試験が済みインターンになり、初めてエステのお客様の当番になったのは9月末の土曜日。お客様は土日に集中しがちです。なのに、インターンの腕の良い方は土日練習の必要も少なくなり出席は私だけでした。

　初めて施術したお客様から「いままでこちらで何回もエステをして頂きましたけど……今日は残念でしたわ。あなたの手の動きはまだぎこちない感じね。上手な方の時にはスーと眠れてしまうのよ。あなたも頑張ってください」との厳しいお言葉。「すみません。私、今日インターンになり、初めてお客様にエステをさせて頂きましたので……」と、丁重にお詫びとお礼を申し上げました。
　私は翌々日の月曜日から、友達にモデルをお願いして午前も午

後も猛特訓することに。「どお～？　どこか不備があったら教えて
ね」とモデル役のクラスメートに懇願し、そこをこうしたらもっ
と気持ち良いとか、いろいろな指摘をしてもらいました。

　無我夢中で頑張り続けていた金曜日の朝、お水を飲み込もうと
するとスーと喉に入っていかないし背中は痛くなり、いやな予感
がしました。

　学校で知り合いになった日本で25年針灸整体のクリニックを経
営してきたという方に早朝でしたが電話をし、学校へ着くなり整
体の治療を受けました。すると水がスーと飲めるようになったの
です。午後には用心をして早退し、クラスメートに車で送っても
らって、それから3日間学校を休みました。一歩前進二歩後退って
感じかしら、と思いました。でもきっと上手にダンスをしている
ような指の動きが身につくはず。くじけないで頑張ろう！　と自
分を労わりつつ励ましました。

「年をとったら、またゆっくりこのホノルルへ来たいね」と大昔
にこの地を2人で訪れた時に語りあった夫だった人は、3年前に白
いお骨となりあの世へ旅立ちました。

　私は残された未来を孤立ではなく自立した人、インディペンデ
ント（independent独立）とマチュア（mature成熟）を兼ね備え
た女性になりたいと密かに願っています。お金をたくさん稼ぎ出
せるセラピストになれなくても、人と優しく心が触れ合うボラン
ティアができるような人になれたら……そうなれば嬉しいです。

＊ヒーリングプールを訪ねました

　オアフ島の東端のマカプゥ地域に、ヒーリングプールと呼ばれている所がある、というクラスメートの耳寄り情報に惹かれ、車で連れていってくれると言う友人を休日に誘いました。引き潮の時でなければ隠れてしまうというので、8時半にワイキキ出発です。その近くにあるシーライフパークの駐車場の下にあるという話を頼りに向かいますと、小さな美しいビーチに辿りつけました。

　でも、プールらしき形は見当たらず、居合わせた現地の女性に「昔からこの辺りの人たちが療養場所にしているヒーリングプールと呼ばれている所はどの辺？」と友人が質問しました。「私はここで生まれ育っているけどそんな場所があるなんて聞いた事ないわ。監視員のお兄さんなら知っているかも？！」とのこと。しかし、「俺も知らないな～」と残念なお兄さんの返答。

　その時、その場に居た別の女性が「そういえばマカプゥ灯台の手前のハンプバック鯨の説明看板の横の崖を下ると確かに素晴らしいプールらしき形があるわ」と思い出してくれました。

　彼女の一言を信じて急な崖を恐る恐る下って、やっと着いたそのプールらしき所は、大中小のいびつなひょうたん形の天然温泉のよう！

　石コロの窪みがいくつか連なった自然の恵みのプール。足元に石がゴロゴロしていても、海水温度はとても良い水温加減。かわいい魚たちと一緒にプカーと浮かんでみると、身も心もほぐされて天国の近くにいるような心地がしました。アメリカ人の家族連

れの子供たちは軽快に石跳遊び。私にはヒーリングプールまでの
行き帰りのロッククライミングが難所でした。ワイキキの喧騒を
少し離れるだけで、素晴らしい自然の恵みがあるハワイはやはり
素敵、と感激しました。

　そして、こんな素晴らしい場所へ私の年齢で留学できているこ
とに感謝の気持ちで胸がいっぱいになりました。

＊椰子の実の襲撃

　アラワイ運河沿いを歩いていた時、突然ズッシーンと腕に痛み
が走り、何が起きたのか一瞬まったく理解できませんでした。手
首から真っ赤な血がタラタラ！　足元を見ると小さな椰子の実が
ころりと落ちていたのです。その大きさは、自分の使っているガ
ラケーより少し小さく、犯人は、これか？！　あわてて椰子の木

から離れようとしても、あっちを見てもこっちを見てもホノルルは椰子の木だらけで逃げようがないのです。

　まさか、椰子の実が天から降って来るとは思ってもみませんでした。幸い指が動くので、骨折とかヒビが入ってはいないと思い病院へは直行しませんでした。
　しかしアラワイ運河の出来事から数日後、クヒオ通りでまたも椰子の実に襲われかけました。2度目は、帽子をかぶっていた私の頭の横をかすめたのです。サングラスの縁にも触れたのでメガネが少し斜めにずり落ち、ドッキリ！　あれ以来アラワイ運河沿いを通るのをやめた私でしたが、まさかクヒオ通りでも狙われるとは、「2度ある事は3度ある」のことわざが頭に浮かびました。

　3度目に、大きな椰子の実に襲われたら私はホノルルで天国へ逝くことになるかもしれない？！　さすれば、子供たちは「お母さんは大好きなホノルルで天国へ逝けたのだから悔いはないわね」と口を揃えるのではと想像してしまいました。

　後遺症で半身不随とかになったとしたら、「えっ、脳梗塞ではなく、留学先のホノルルで椰子の実に当たって！！！」と、友達にはきっと呆れられるでしょう！　羨ましいと言ってくれていた友達からは、「やはり60過ぎての留学など無謀だったのよね」と言われるのがオチでしょう……。
　ビーチへ行っても椰子の木陰で昼寝をしていた私ですが、これからビーチへ行く時には日傘を持参することにします。帰国まで、無事に過ごせるように用心に用心を重ねるつもりです。

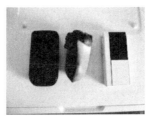

（左から、アメリカの携帯電話、私を最初に狙って降ってきた椰子の実、私のガラケー）

✱ また君に恋して "Vow Renewal"

"バウ・リニューアル"（vow renewal ＝新たな誓い）とは、今まで一緒に歩んできた2人が銀婚式や金婚式だけではなく、人生の節目に絆を確かめ合い、もう一度愛の誓いを立てるという欧米の習慣。ハワイアンウエディング同様、ロマンチックなロケーションが多いハワイは、バウ・リニューアルの人気スポット。

日本人にはなじみがなく、少々気恥ずかしい習慣でも、ハワイの優しい風の中なら、心も体も自然にリラックス。結婚記念日は勿論、ハワイで挙式する新郎新婦から両親へのサプライズプレゼントとして、流行になってきているとのことです。

"ホイ・ホウ・ケ・アロハ！"Fall in love all over again（再び恋に落ちましょう）という意味もあるとか……。それを聞き、私は、坂本冬美の「また、君に恋してる・・・」の歌声が脳裏をよぎりました。欧米でのバウ・リニューアルでは、結婚年数などに関係なく、幅広い年齢層の夫婦が絆を深めるとか。

宗派にとらわれることなく、ハワイ古来の伝統的なスタイルで執り行われるこのバウ・リニューアル。カフ（聖職者）による海の水での浄化儀式とハワイ語のチャント（詠唱）、そして「ハワイアン・ウエディング・ソング」のフラ・パフォーマンスで参加さ

れている皆さまへの祝福があり、朝の澄んだ空気の中で再び愛を確かめ合うとは素敵！

　ハワイでの忘れられない思い出になること間違いないですね。挙式終了後にはバウ・リニューアルのカップルへ証明書が記念として渡されるそうです。

　この感動的なセレモニーの話は、ウエディングコーディネート会社でお仕事をしているクラスメートから教えられました。

　彼女の話では、大方、新婚の若いカップルが、両親へのサプライズのプレゼントとか、結婚式を挙げていない兄弟姉妹へのプレゼントとかとして、贈ることが多いそうです。

　何しろ、サプライズのプレゼントなので、受けるほうは、感激のあまり、間違いなくほとんどが感極まって涙して、その感激の涙は周りのみんなに連鎖を引き起こしてしまうそうです。介添え人のお仕事を努める私の友人も、必ず、毎回それぞれに違う家族たちから、もらい泣きをしてしまう、と目をキラキラとさせて笑顔でシアワセのおすそ分け話を、私に聞かせてくれました。

＊ホノルルマラソンレースディウォークで完歩（かんぽ）

　2014年の1月にホノルルへ休暇で訪れていました時にこの地への留学を夢見ましたが、ほんとうに夢が叶うのか、儚い夢物語で散ってしまうのか定かではありませんでした。でも、いま私は無事に年越しと新年を迎えられ、夢はやはり見るもの語るものと感じております。語りつつ道を模索していますと現実への道が開かれるのでは……。

　学校生活だけではなく、生活でもいろいチャレンジしてみたいと思い、12月にはホノルルマラソンの歩くコース10キロに初参加

し、どうにかこうにか完歩できました。

　マラソンの5時スタート間際には、花火も勢いよくアラモアナパークの夜明け前の空を輝かせ、アメリカ国歌が聞けて、あのお祭り騒ぎの盛り上がりぶりはホノルルの新たな思い出の1ページになると思います。3万人位の参加者のうち、3千人位参加のウォークで7割近くが日本人とか？！　5時スタートのマラソン組の後に、ウォーク組の参加者が歩きだしました。ベビーカーに赤ちゃんを乗せて歩いているママさんたちも居れば、仮装している人たちもぞろぞろ歩きをスタートしました。

　スタートして間もなく生憎霧雨になって、身体がじわじわと冷えてきて4キロを過ぎた頃にトイレへ行きたくなりました。一度そう思うとレースよりまずはトイレ！

　出発地点にたくさんあった仮設トイレが、途中にはまったく無いのです。ようやく、ハンバーグ屋さんの灯りの傍に列があるのを発見でき、あれは間違いなくトイレ行列に違いないわ、と思いコースから外れトイレ行列に合流しました。「3キロごとにトイレがあると助かるわよね」とか「警官もたくさん出ているのですから公共トイレを開放して欲しいですよね〜」等々、ウォーク組女性たちが話すトイレの苦情が雨の中で前からも後ろからも聞こえていました。レースデーウォークの仮装大会は今年で3年目とか。優勝者には豪華景品が当たるとのこと。ハロウィン並みに凝った侍も白雪姫も居れば、本物らしきウエディングカップルまでもいてビックリ！

　帰り道に雨上がりのカラカウア通りを歩いていたら、大きな虹がワイキキの海にとっても綺麗に現れたのです。虹の街ホノルルと呼ばれているこの街で、何度もいろいろな場所で美しい虹を見

られ、そのつどカメラのレンズを向けています。光と水が織り成す七色の虹。ホノルルの色彩豊かな景色は、私の心にも感動の虹を架けてくれました。

＊甘美な"ご指名"2015年ホノルル

　2015年の真っさらな手帳に新しい予定を書き込む季節へと移りました。2014年の隅々までの書き込みで真っ黒に埋まった手帳を見て、ホノルルで遭遇した様々な新しい経験が一気に思い出され、よく頑張れたなあ〜、としみじみ自分をほめてしまいました。

　もう少しもう少しと自分に言い聞かせて、専門用語だらけの教科書をインターネットで言葉の意味を探しつつ読み進めた毎日は、私の60代の頭にはハードでした。実技のトレーニングも初めは手がスムーズに動かず、辛かった時期でした。

　授業中の私の顔は、真剣になればなるほど眉間にしわもできて口角も渋く下がってしまっていたはず。要するに、怖い顔になっていたようです。

　実技の先生からテストの後に、少々耳が痛くなるお言葉をやんわりと頂いたのです。

「エステシャンは、いつもにこやかな顔を作ることも大切なのよ。鏡を見てベストスマイルを練習してくださいね」と、深く、あり

がたい、エステシャンの本質を心得た忠告を受け、それからの私は朝、鏡に向かって"にっこり"の練習を心がけるようになりました。

　いつもゴムでできた人形の顔が私のエステの練習のパートナーでした。ゴム人形は、残念ながらそこが痛いとか動作をゆっくりしてとかは、話してはくれません。パートナーの本物の顔を借りて練習をしてきた多くのクラスメートとは技術レベルに格段の違いが出てしまい、実技の最終テストは追試でした。

　でもインターンになり、友達の顔を借りて練習を積んだお蔭で、私は先日来てくださったお客様から指名を受けたのです。嬉しさがこみ上げ精一杯のサービスをそのアメリカ人女性に施しました。彼女がサンキューのあとに私の名前を付けて笑顔でチップをくださった時には、ほんとうに彼女は私のエステを喜んで受けてくださったのだと実感できて、感極まり泣けてしまいそうでした。

　初めての"ご指名"の甘美な響きは、私の胸をときめかせる一生の宝物です。

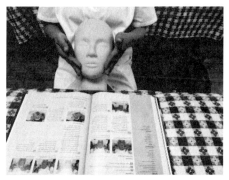

（お世話になったゴム人形の顔）

✳ Meetup
ミートアップ

　エステコースの必須授業を終え、実習のインターン生になると
スケジュールは自分で決められるようになります。留学生は1日4
時間以上8時間以内、1週間に20時間以上、1ヵ月80時間以上の授
業を受けるという規定がありますが、時間割が決められていた期
間を終了すると自由時間が派生するのでワクワクしてきました。

　自由時間で私はワイキキコミュニティセンターでヨガと英会話
を習うことにしました。英会話のクラスでは同じコンドミニアム
に1ヵ月滞在の女性と知り合い、ありがたいことに私が風邪をひい
たとき、なんと、彼女はお粥やシチューまで部屋に運んでくれた
のです。

　先生がMeetup（Meetup(ミートアップ)は世界中で多くの若者
が、共通の地域や興味に関する集会を簡単に始め運営することを
可能にするプラットフォームサービス。本社はニューヨーク)とい
う形での英会話クラスも開催していると知り、私たちはそちらの
クラスへも探検にくりだしてみると、ビックリ仰天！　様々な国
の方々がほんの少しのホノルル滞在でも、このMeetupを探して
来ていたのです。私は、昨年覚えた少しのデンマーク語でコペン
ハーゲンから来ている女性とちょっぴり話すこともできました。イ
ンターネットでYahoo USAでMeetup Honoluluを検索するとい
ろいろなクラスがあり、ネット時代のスピード感ある世界の輪の
広がりを知りました。

　英会話の先生は、まだ20代でハワイ大学出身でした。お父様は
このハワイで活躍している画家で、ノースショアに点在している

アートスタジオオープンツアーに先生は私達希望者数名を12月に連れて行ってくれました。先生のお父様のアトリエにはワイキキの有名ホテルの絵の原画やハワイアンブルーの素敵な絵画が大きな高い天井にも床にもあり、ハワイの癒しのパワーがアトリエ中にみなぎっているような気がしました。

　ちょうどその日はノースショアでサーフィンのチャンピオン大会があるということで、アトリエから海岸まで散歩して行くことができました。私は生まれて初めてビッグウェイブを見て、パイプラインという場所で、素晴らしいサーフィン競技も観ることができました。テレビで見るのとは違い、現実に目の前で観るサーフィンはものすごいスピード感があり迫力満点！　周りの人たちと同じように「ワー」という歓声を上げて、大きな波をくぐり抜けてくるサーファーたちへ思わず拍手で応援を繰り返しました。

　1月に入り日本から遊びに来ました幼友達のMちゃんに、私は、「歩く姿勢がとっても力強くなったね」と言われました。通学へはエクササイズと考えリュックを背負い毎日往復1時間の道を歩きました。虹を見つけることも度々あり、上を向いて歩く習慣が身についたのかもしれません。この留学中に様々な形のmeetup(出会い）を経験でき"自分の年"を忘れたことがしばしばでした。

＊トロピカルマグネットアートの誕生

　常夏の国ハワイのイメージを色でいえば、トロピカルカラーって言葉が浮かびます。

　このホノルルで見られるハイビスカスの赤・黄・オレンジ・白やプルメリアの甘く優雅で上品な香り。空や海の青。大きなオレンジの夕陽が水平線へ沈むと空がだんだんと藍色へと変化してい

くそのわずかな時は感動的で、小さなオレンジ色の朝日が昇ると周りを輝く白さのある蒼色に変化させてくれる時間帯は、人々に、新たな勇気を届けてくれるようにも私には映ります。

　そんな自然の色の素晴らしい変化を毎日観て、このハワイにゆったりと滞在することは、時間に追われっぱなしで日常を過ごし、休むことが不得手な日本人にとっては、昔も今も「人気のハワイ」であって不思議のないことでは……。

　私は、今回の留学期間で毎日目にするトロピカルカラーに頭の中がとても影響された感じがします。休日のラナイで、色紙に色鉛筆と絵の具で色を重ね、自分好みのトロピカルカラーを作れるようになりました。お魚やお花の形も偶然のように生まれ、私のライフワークだと思っていますマグネットアートでトロピカルな色味をあしらってピアスホルダーも作れたことがとっても嬉しいです。

　"マグネットアート"って、どんなものと聞かれても、速やかに伝えられないのが残念！

　コラージュは貼り付けて作るアートですが、マグネットアートはマグネットと鉄を使うアート。作品を自由に動かす事が出来る為、いろいろな形に変えながらアートを楽しめるのです。

　マグネットアートにチャレンジして20年近い歳月が過ぎてしまいました。やっと、2012年に、作品が東京都美術館で行われている美術の祭典『東京展』で採用され、日の目を見ることができました。が、子供のおもちゃみたい、と言われました。見る人が自由に動かす事ができるのは、作家の主体性が無いことになるので、

アートという表現を使うのはおかしいと、批判される事もたびたびでした。が、気にせずこれからもマグネットアートを私は作り続けて行きたいと思っています。

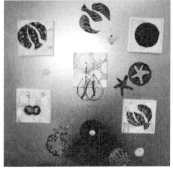

（ホノルルで作ったトロピカルなマグネットアート）

✽ 卒業・帰国・希望

"アレもコレもほしがるなよ"目覚めにふと相田みつをの詩が脳裏をよぎり、そのあとに、「おかあさ～ん」と、私を呼んでいる娘の声が遠くからかすかに聞こえた。それは、12月20日の早朝でした。

ワイキキのコンドミニアムにいた私が、もしや時空を超えた彼方からの声ではないか、と感じたのは、それが娘の出産予定日のちょうど2ヵ月前だったからでした。娘は39歳。第三子出産予定日は2月20日。

私は、ハワイ州のライセンス試験を受けずに学校の卒業証書を持って、娘の出産予定日前に帰国する決心をその時にしました。

2014年7月にホノルルへ留学をしました時には、15ヵ月の留学をしてハワイ州のエスティシャンのライセンス試験も受けるつもりでしたが、娘の無事な出産を傍で見守ってあげることが、母親として私のすべき事なのではないかと先日の空耳事件で感じたのです。

ホノルル留学計画中には娘の第三子ニュースの話は出ておりませんでした。娘は、「大丈夫、お母さんがいなくても埼玉の両親（娘の義父母）が来てくれるから、お母さんは私の出産にホノルルからあわてて戻ってこなくていいからね」と言われ、私も「じゃあ、15ヵ月の予定の留学をさせてもらうね」と告げてホノルル暮らしを続けていました。

お産は母と子のふたつの命が係わる大仕事。娘の初産の時は難産でした。大量出血をした娘は生死の境を何時間もさ迷ったのち戻って来てくれました。看護師さんが娘のいる分娩室から赤ちゃんを新生児室に連れて行ってくれました。私は、看護師さんに駆け寄り「娘は大丈夫ですか？」とたずねますと、「お母さんは、まだ、分娩室です」との答え、「大丈夫です」の言葉は無く、6時間が経過しました。1時間ごとがとても長く、「神さま、娘をどうぞお守りください」と祈りつつ待ちつづけました。その後ストレッチャーで運ばれていく娘の顔は蒼白。貧血で産後の肥立ちも大変でした。

　私も3人の子供に恵まれました。女・男・男。結婚しているのは娘のみ。2人の息子たちは私の生きている間に結婚することはないかもしれない……。

　ホノルルで手にした本の中で、『親の期待は、子供には負担に、やがて憎しみになることもある』という一説に、ハッとしました。結婚はご縁のものだから期待しないでおこう、自分らしい人生を歩んでくれればいいのだから、『しあわせはいつもじぶんのこころがきめる』でいいのよ、という思いに至った私でした。

第二章

その後、ホノルルから帰国後のコラムスタート

✻こんにちは赤ちゃん

今年で40歳になる娘が、麻酔を少し使う和痛分娩で女児を予定日より5日遅れて無事に出産できました。2人の弟がいます娘は、自分も3人の子供が欲しいと一姫二太郎を希望しておりましたので願いが叶い大喜びでした。

20年後の日本は3人に1人が65歳以上になるとか？！　母親の隣で静かに寝ているこの赤ちゃんは、家族にとって貴重な希望の星です。心豊かな人間に育って欲しいと願っています。

ふと「こんにちは赤ちゃん」という歌が昭和の時代にあったな〜と思い、YouTubeで聞き、パソコンで調べてみました。「こんにちは赤ちゃん」は1963年（昭和38年）の歌。昭和24年生まれの私が14歳の時の曲だったのです。大晦日には紅白歌合戦を家族全員集合して見ながら年越しをしていたはず。日本には洋々たる未来があると信じていた良き懐かしき高度成長期だったのでは……。

報道によると、中国の富裕層に出産をアメリカで行い赤ちゃんにアメリカ国籍を取らせる"妊婦の出産ツアー"が流行しているとか。

少子高齢化が進む今の日本では、輝かしい未来は想像しがたいご時勢かもしれませんが、それでも赤ちゃんの誕生はまずは我が家の祝い事、神さまからの授かりものとしてありがたく慈しまなければ、と感じます。

そっと妹を抱く3歳になったばかりのお兄ちゃんの優しげな表情は「こんにちは赤ちゃん！」とささやいているみたい。ママが支えている手は2人をあたたかくいたわっているようで微笑ましく私の目に映りました。

✳ ああ結婚されど結婚

　寒い冬に終わりを告げるような穏やかな日和の続く東京に、故郷の北国から友が訪ねてくれたので、浅草から浜離宮へと春を探しに出かけました。離宮庭園では満開になっている紅梅白梅を背景に、和風礼装で記念写真を撮る花嫁花婿もいて、黒い紋付き、白い角隠しに色彩豊かな打掛、その対称の美しさに見惚れました。留学中はハワイの海岸で、しばしばウエディング姿のカップルを見かけ、青い海を背景に白のウエディングドレスの晴れやかな姿を見た時には感動しましたが、日本の伝統的な姿もまた素敵です。

　花嫁さんの角隠しは、元々は長い髪の毛には霊力が宿るとされていたために新しい家に嫁ぐ際に災いを一緒に持ち込まないようにという考えがあったそうです。西洋式ブライダルの花嫁のベールにはどんな意味があるのでしょう？　ベールは花嫁を守る"魔除け"として知られて、結婚式は人生で幸せの花嫁を妬む悪魔がつきやすいとされており、悪魔からベールで守るとも言われているとか！

　しかし、最近はあちこちで離婚話を耳にします。離婚は決して喜ばしい事ではないので離婚率はできれば下降していってほしいものです。

『ああ結婚されど結婚』。していなければ「憧れ」、してしまうと「諸問題」が付きまとう、そんな結婚を思いつつ私のたわむれ歌を記してみます。

♫～～～我ら戦後生まれの団塊世代の女子憧れの嫁入り条件は三高とか言われていた昭和〈高学歴・高収入・高身長〉、時代は変わり平成いまどき女子の結婚条件は三低とか〈低姿勢・低リスク・低依存〉、いまどき女子の親父様依然三高でも中身はすっかり様変わり上から目線の《高姿勢》上場株の俄かデイトレーダー気取りの《高リスク》オレの飯はまだかと妻に怒鳴る《高依存》。

母の嘆き聞かされて育ちしaround thirty ｆｏｒｔｙ高いから低いに結婚条件様変わりせてなるほどなるほど。されど結婚の誓いは今も昔も病める時も健やかなる時も汝の伴侶を愛せますか？！　ハイの返事　時代と条件変われども　永久に信じたき誓い　ああいつまでも。

さてさて日本の結婚事情三条件入れ替われども、不変であってほしい家庭の理想像は、苦しき時に病める時に、情けを抱き愛を育みてこそ、家人の庭となるのでは……。《言うは易く行うは難し》の『ああ結婚されど結婚』～～～♫

＊「アメイジング・グレイス」が吹けたらいいな？！

夕陽が綺麗だからとジャケットのポケットからハーモニカを出して、"サマータイム"を高層ビルの窓辺で吹いて聞かせてくれた方がいました。それは6,7年前の小さな会合での事でした。

演奏がとっても魅力的で、「私にも出来そうな楽器が無いかしら？」とたずねてみましたら、「会社の休みの時にハーモニカより簡単に覚えられるリコーダーの家庭教師をしますよ」と言ってく

ださったので、喜んでお願いしました。でも、ドレミが完璧になる前に、俄か家庭教師のその人は東京から遠くの地方へ転勤になり、小学生でも覚えられるという初歩の楽器のリコーダーレッスンは頓挫してしまいました。

　1月、ホノルル動物園前のお気に入りのマッサージサロンで気持ちよく施術を受けていると、開いた窓から、トランペットの音色が心地よく聞こえてきました。「コンサートが公園で始まるの？」とセラピストにたずねましたら、「サンセット近くになると時々あの公園へトランペットを吹きにやってくるオジサマがいるんです、素敵ですよね〜」と彼女はその音色を称えました。
　その夜、いつかの"サマータイム"を思い出しハーモニカをネット検索していると、ブルースハープという小さなハーモニカを知りました。早速YouTube（ユーチューブ）で"千の風になって"を演奏している動画を見て、サックスの音色にも似た響きに心が酔った私は、この楽器を習いたい思いが強くなっていきました。

　2月1日に帰国した私は、新宿駅に近い音楽学校のブルースハープ無料体験クラスへ行ってきました。穴は10個のみ。基本は4番から7番の穴に、吸って吹いての息を繰り返して、ドレミファソラシドの音を出す小さな楽器。入門コースは3ヵ月。最初の1ヵ月はドレミの練習。2ヵ月目で"キラキラ星""聖者の行進""アメイジンググレイス"を、3ヵ月目で"峠の我が家""リパブリック賛歌"の練習があることを、40歳位の男性講師が教えてくれました。
　"アメイジンググレイス"が吹けたら夢のよう！　と入学を決めた私は胸をときめかせています。

（ブルースハープは、ボールペンよりも短い楽器）

＊サンキャッチャーの思い出

　虹色の小さな影が白い壁に映り、それらのいくつかが楽しそうに踊るように動いていたのが気になった、マーメイドブルーで統一されたマッサージサロン。そこで見た幻想的な光の動きに感動を覚えた日のことが時おりよみがえります。虹色の影は、窓際に下げられていた大中小のクリスタルボールに光が当たり、その反射がお部屋の中に入り白い壁に映っていたのでした。

「綺麗ねぇ〜！」と感心してその光を目で追っていましたら、「自分で作ってみて日本でも使ったら？」と薦められました。そのクリスタルボールのことをサンキャッチャーと呼ぶと、私はその時初めて知りました。

　私はホノルル留学中に運良く、月に1回開催されるカピオラニ公園でのワイキキアートフェストに行ける日がありました。日本から遊びに来ていた友達がその日を事前に調べて来てくれましたので私はお供する事ができ、数々の個性的な手作りの創作品に出合

えて、とても楽しかったです。

　カピオラニ公園のワイキキアートフェストはハワイのアーティストたちが、木工品・ジュエリー・ステンドグラス・染織工芸などの手作り作品を持ち寄り展示販売する大規模なイベントと聞きました。月に1回のイベントですと日本から3泊位のパック旅行で来た人が運良くたどり着くのは難しいかもしれませんが、開催日を調べてから来ますとそれもまた有意義な時間が持てそうですね。

　私はそのイベントでユニークなサンキャッチャーを見つけました。それを作っているアーティストは、スプーンとかフォークを使いジュエリーやオブジェを作っていました。上手にフォークの一部をぐにゃっと曲げて、そこにいろいろなクリスタルの形を下げて作られたサンキャッチャーに惹かれ買いました。

　今、住んでいるリビングの壁に時々虹色の輝きをいろいろ作ってくれます。その輝きを見ていると、ホノルルの日差しやゆったりした時間がとても懐かしく思い出せます。

✳ 鯉のぼり祭り

　5月5日の端午の節句の日に群馬県御巣鷹山の麓にあります神流町の鯉のぼり祭りへ、趣味の文化芸術サークルの同世代仲間たち6人と出かけました。

　到着した古民家の名前は「神流・いろり庵」。30畳以上ありそうな畳の部屋の端に大きな囲炉裏が切ってありました。黒光りしている大黒柱が長い歴史を凛として見守ってきて、仏壇上のセピア色の家族写真が幾時代もの繁栄がこの家で繰り返された事を物語っているように映りました。

　家の裏手は竹林。たけのこの時期ともあり、参加者皆で裏山へ繰り出しましたが、たけのこは、一足先に猪やハクビシンにすべて食べられてしまい無残な穴だらけで私たちはがっかり。でも、たけのこ用ののこぎりを持参した方が、ならば竹を切ってぐい飲みを作ろうと、細い竹を切り始めました。その夜私たちは、竹の香りがする地酒で乾杯をし、ハンドロールピアノやリコーダーの演奏を聴いたりして楽しく過ごしました。

　翌日はお目当ての鯉のぼり祭り。神流町の川を挟んで黒い色の真鯉・赤い色の緋鯉・青い色の子鯉が700匹以上空を悠々と泳いでいて、川原には出店も子供たちの仮設の遊び場もあり、子供たちは、丸いボールの中に入って水の中をくるくると回って遊ぶ遊具の中ではしゃいでいました。そんな子供たちを見て、この子たちにとってこの遊びの記憶はきっと将来の素敵な思い出になるのだろう、と想像すると微笑ましく、彼らの屈託ない笑顔に私の心も癒される想いがいたしました。

空に舞う鯉のぼりを見ていましたら、オアフ島のノースショア
で開催されていましたサーフィン大会の事を思い出しました。あ
の日も、浜辺の間近にたどり着くまでは、ビッグウェーブの場所
で自由自在にボードを操り波乗りをしていくサーファーの姿を想
像することはまったくできませんでした。地球上の自然の波や風
が人間に与えてくれる素晴らしい恩恵に感謝し、いつまでも地球
が平和であってほしいと願っていたいです。

（丸いボールの中で水遊びをする子供たち、と、その姿を見守るおじさまたち）

✳ 浅草三社祭の光景

　Tokyo下町浅草の5月、三社祭の3日間は江戸の町へタイムスリ
ップしたような不思議な街と化します。老いも若きも赤ちゃんま
でも祭り衣装で町を練り歩くのです。ピーヒャララー、とお囃子
の音色があちらこちらから聞こえます。そして、町内神輿を担ぐ
粋な祭り半纏姿の人々のセイヤー・セイヤーの掛け声が次から次
と追ってきます。

　三社祭の音色は、生まれたばかりの赤ちゃんの耳にも自然に届
きます。ヨチヨチ歩きを始めると、ホラ・ホラ・ホラと親馬鹿爺馬

鹿婆馬鹿が山車のロープに祭衣装をまとった子や孫をしがみつかせます。おぼつかない足取りで歩く子供たちの姿にワッショイ・ワッショイ・ワッショイと大声で拍手して喜ぶお祭り気分の人々の姿は微笑ましい光景そのものです。

　今は小学3年生になった孫がまだベビーベッドの中にいた1歳の頃、2軒となりの4歳の女の子が遊びに来て絨毯の上で積み木を広げました。何をするかとおもいきや、女の子が最初にした事は、長方形のふたつの木を持ち、いともリズミカルに「チャチャチャン、チャチャチャン、チャチャチャン、チャン」と祭りでの一本締めを奏でたのでした。孫は目をぱちぱち、手もぱちぱち。孫が初めて目にして耳にした拍子木の音色は、まぎれもなく祭り男になる種が撒かれた瞬間だったかもしれないのです。

　街の中では、犬まで祭り衣装で、山車をひいたご褒美に貰ったアイスをぺろぺろして祭り気分に浸っている幼児の様子にも、私は思わず笑ってしまいました。

　ホノルル留学中にフラダンス姿の子供たちを見る機会は無かったですが、きっと、彼らもハワイの音色の中で、Alohaの精神をもった心豊かなハワイ人に成長していくのでしょう。

　ハワイ州の車のナンバープレートの絵柄も虹。ふいにいろいろなところに美しく現れる虹。虹の街のイメージのメロディーはやはりウクレレの音色が似合いそう……。

　三社祭の音色は、ピーヒャララーのお囃子の音色や拍子木の音やワッショイ・ワッショイの掛け声でしょうか。

（祭り衣装の子供たちと犬たち、浅草三社祭にて）

＊器用貧乏かマグロか？

　先日、ハワイで学んだイヤーセラピーの復習会へ行ってきました。朝から夕方までビッシリの講習。耳ツボに、人から見える面はジュエリーのスワロフスキーがキラキラ輝き、後ろ側は金属の小さな粒が付いている特殊なアクセサリーを貼り付けて、ツボの刺激でフェイスラインをリフトアップするというテクニックの勉強でした。

　ホノルル留学中にも、同じ様に耳と体が直結している反射区のマッサージの勉強をしました。日本ではホノルルとは違い、細い金属のスティックを使いツボを探して、そこにぴたっとその特殊アクセサリーを貼り付ける練習でした。

　ホノルルでは法律的に鍼灸師の免許のある人しかその金属ステ

ィックは使えないし、ツボという言葉も使えなかったので反射区
と呼んでいました。

　帰国後、特殊な金属棒を使用できる講習を受けられるのを楽し
みにしていました。しかしながら、細やかな扱いをしなければな
らないその金属スティックを使ったツボ探しをマスターすること
は私には至難の業でした。試験の結果は不合格でした。キラキラ
なスワロフスキーを私も真剣にパートナーの耳に貼ったのですが、
残念ながら私がトライした箇所はツボから少々外れていました。前
期高齢者に属した加齢のためか、最近緊張すると手先が震える傾
向にある私なのです。
「追試もあるので、もう1度チャレンジしてみますか？」とアドバ
イザーの方が言ってくださいました。でも、私は、「自分と家族に
セラピーができれば良いので、追試は受けないでおきます」と答
えてきました。
　ホノルルで学んだセラピーの技術は、今、自分の手足マッサー
ジで活用しています。
　セラピーも、マグネットアート制作も、ハーモニカの練習も、と、
私の頭の中で興味の枝葉があちこちに伸びてしまいます。どれを
学んでも今からプロになれるものはなさそうですが、やはり勉強
してみたいのです。
　友達からは、自分への投資ばかりしていたら器用貧乏になって
しまうんじゃない？　と注意をされたり、動いていないと生きて
いられないマグロみたいじゃない？！　と笑われたりしています。

　それでも、私は残された時間の中で興味を覚える事柄は学んで

みたくなるのです。この気持ちをストップしてしまうと、私は、どさっと塩をかけられ体が縮んでしまうナメクジになってしまいそう。私は、やっぱり、亀さんみたいにゆっくりでも、"おもしろそう"を探し続けていたい。

＊ お寺の前に貼ってある言葉

私の住まいの浅草界隈は、お寺があちこちにあります。

数日前、お寺の門前に張り出されている週替わりの標語は、「手をかけ　心をかけて　愛情がうまれる」でした。なるほどなあ〜と思えました。

最近体調不良、風邪に罹り、ヨロヨロしながら買い物へ出かけて帰り道に目に留まりましたお寺の言葉は、「雨もよう　こころのかびに　ご用心」「沈んでも　希望の峰から　また日が昇る」。今の私に届け〜と念じられているかの如きに思えました。

お寺の前に張ってある言葉にふと足が止まり、気になるのは私だけではないかも？！　とお寺の言葉をネット検索してみますと、やはり、私だけではありませんでした。写真付きでたくさん載っているのには驚きました。

最初のページの言葉は、麻布のお寺の張り紙から、「後悔っていうのは　やってしまったことにするもんじゃあなくて　やらなかったことにするものよ。だから私はチャンスがきたら必ずトライするわ。　キャメロン・ディアス　心に響く魔法の言葉集より」。

愛知県瀬戸のお寺にあった言葉からは、「苦を当たり前　とおもえば　楽になるし　楽をしたいと　おもうと　苦しくなる」。

新宿、「一人でいると孤独感　二人でいると劣等感　三人でいると疎外感」。

大阪、「人生一生　酒一升　あるかとおもえば　もう空か」。

　横須賀、「なんの為に生まれて　なにをして生きるか　こたえられないなんて　そんなのいやだ（アンパンマンのマーチより）」。

　お寺の掲示板の言葉にはいろいろあるものだと、感心しました。

『ありがとう禅の会』があるとホノルルで聞きました。「ありがとう」と皆で反復するだけで、母音の共鳴音が超高周波の倍音を生み出し、それが中枢脳を揺さぶり、脳波が顕著に変化するセラピーなのだそうです。

　ハワイの問題解決法“ホ・オポノポノ”のひとつの方法に、「ごめんなさい・許してください・ありがとう・愛しています」の4つの言葉を唱えることで、潜在意識のクリーニングができる、と聞きました。言霊には、いろいろな不思議が潜んでいるのですね〜。ポジティブな言葉をニコニコとしながら使える人になりたいと、心がけたく思います。

　ハワイのAlohaは「愛」の意味。「アロハ」と挨拶することで、相手への好意や思いやりの気持ちが強まり親愛の情がわくそうですね。確かに、留学生活中に「アロハ」と自然に口から出てきた時には、私も微笑んでいたと思います。

　最後に、言霊が潜んでくれると嬉しいフレーズを私もひとつ創ってみました。

　“どんな苦境の時も　大丈夫とつぶやいてみると　勇気のわき水がどこからか”

＊抱っこしておんぶしてまた明日

「げんこつやまのたぬきさん　おっぱいのんで　ねんねして　だっこして　おんぶして　またあした」と、身振り手振りで遊べるようになるのは、2歳位かな～、と思いつつ、今は「ねんねんころりーよ、おころ～り～よ、マッちゃんはよいこね、ねんねしてー」とおんぶで寝かせるばあばの私です。おんぶをしますと赤ちゃんの大泣きが不思議とおさまります。子守歌を口ずさみユラユラを静かに繰り返していますと、背中の赤ちゃんが私の首の辺りに頭をカックンとくっつけてスヤスヤと眠り始めます。そっと、お布団に下ろして添い寝で赤ちゃんをトントントンと軽くリズミカルに叩く刺激を少し繰り返すとぐっすり眠ってくれます。

　赤ちゃんをおんぶできるのは100日を過ぎて首が据わってからのはず、と40年近く前の記憶を頼りに育婆をしています。

　今の若いお母さんたちが使っています抱っこ紐というのは、生後まもなくでも抱っこできる形に工夫されている様です。この紐は、ママさんのみならずパパさんも抱っこがしやすいようです。この画期的な抱っこ紐は、ハワイのマウイ島に住みトレッキングが好きな女性が自分の為に2001年に開発をし、世界へ発信するために2003年に企業化したそうです。

　おんぶ、という習慣が昔からあるのは、アジア諸国・アフリカ・南太平洋諸島・アメリカンインディアンの諸部族にあるそうですが、欧米には基本的には無いとか。

　日本では、古事記によると、オオクニヌシのミコトがスサノオの娘をおんぶして逃げ延びる話、とか、平安時代の伊勢物語に出

てくる在原業平が藤原高子をおんぶして逃げるという、ロマンチック名高い「おんぶ」話も……。

　韓国では、現在も結婚式の親族紹介の儀式で新郎が新婦を「おんぶ」して親戚の皆さまの周りを一周するそうです。友人のお嬢さんが韓国の方と結婚し、新郎が新婦をおんぶして儀式室を一周した時には、ビックリしたそうです。この儀式は、「これからは、僕があなたの面倒をみますよ」という意味だそうで、友人は胸キュンしたそうです。

　結婚式が多いホノルルで、留学期間中には海辺のいろいろな所で、青い空と海をバックに新郎が白いウエディングドレスの新婦を「お姫様抱っこ」で記念撮影をしている場面を見かけました。

　抱っことおんぶで愛を育むのは、赤ちゃんも新婚さんも同じなのです！

✳花火と火花

　7月25日に第38回隅田川花火大会がありました。浅草には、100万人近い見物人が集まり、約2万発の花火が7時から8時半まで夜空を彩りました。私の孫たちは、集合住宅の13階のベランダからその見事な花火をタブレットで撮っていました。私は、クーラーの効いている部屋の中から、タブレットで花火を写すいまどきの小学生をデジカメで撮りながら、観賞しました。

　翌日の新聞によりますと、「隅田川花火大会は1733年、前年の享保の大飢饉と疫病による死者の冥福を祈った『両国川開きの花火』から始まりで、戦時中は中断。戦後も汚染された川の悪臭などを理由に取りやめになる時期もあった」と記されていました。

記者が取材した、横浜市にお住まいの77歳の方によると、「空襲で焼け野原となった街並みが今でも忘れられない。でも、今は、東京スカイツリーがそびえ、浴衣姿の若者たちが会場で賑わっていて、しみじみと平和をありがたく思うと語った」と記事が結ばれていました。

　ホノルルでも、ヒルトンホテルの金曜日の花火は通年で毎週あり、私も何度も楽しみました。1週間位の予定でホノルルへ来られる観光客の方にとりましては、「花火」は夏を思い出させてくれて、粋な"おもてなし"と感じました。
　大晦日の夜中に日本の花火大会よりは時間は短いですが素晴らしい花火がワイキキの浜辺を彩るホノルルの年越しにも感激しました。地球上には、戦火の中の「火花」に身を縮めている人々が今もたくさんいることを思いますと、平和の中で「花火」を愛でる生活をしていることをありがたく思わなければ、と深く感じます。

　7月16日、第153回芥川賞にお笑い芸人の又吉直樹さんの「火花」が選ばれました。本の帯にある言葉で、「漫才は……本物の阿呆と自分は真っ当であると信じている阿呆によってのみ実現できるもんやねん」という台詞に私は惹かれました。誰しも夢に浮かれる時と現実に愕然とする時は人生にはつき物。「火花」の売れ行きはすでに200万部を超えたそうです。まさに、花火みたいですね！

　ネットニュースに、ホノルル市の真珠湾で終戦70年の8月14日

（日本時間15日）、「長岡花火」が打ち上げられた、と載っていました。夜空を飾ったのは、鎮魂の花火として知られる「白菊」。「花火の輝きは一瞬だが、大輪の花は永遠に続く日米の友情のシンボルに……」と記されていました。願いは、家内安全・世界平和！いつまでもいつまでも。

＊YouTubeのお蔭さま

ハープのコンサートを、閑静な住宅街にある素敵なミニコンサートホールで堪能してきました。上野や銀座にある大きなホールで聞く音楽とはまた一味違う親しみを持てました。この日のハーピストは短大時代の友人のお嬢さま。そんな、ご縁が無ければ、こうしてハープの音色を身近で鑑賞することも無かったと思います。ご縁のありがたさを感じつつ素敵な演奏に耳を傾けました。

演奏者・彩 愛玲（サイ アイリン）さんの表情が身近に見られたのも感動的でした。台湾系華僑3世の彼女の奏でる「蘇州夜曲」が魅力的で、家に戻ってから、歌詞付きのネット動画を見ました。

君がみ胸に抱かれて聞くは夢の船唄鳥の歌水の蘇州の花ちる春を
惜しむか柳がすすり泣く
花をうかべて流れる水の明日のゆくえは知らねどもこよい
映したふたりの姿
消えてくれるないつまでも
髪に飾ろか口づけしよか君が手折（たおり）し桃の花涙ぐむよな
おぼろの月に鐘が鳴ります寒山寺

ハーピストの少し哀愁帯びたような表情が思い出され、彼女はいま恋をしているのでしょうか？　切ない思いを抱いているからこそあのように情感こもった演奏ができるのかしら？〜〜〜恋話

遙か揺らめく　蜃気楼〜〜〜とふと縁無き「恋」の五七五が浮かんで来ました。

　YouTube が生まれたのは、2005年。コンピューターの発明から始まったネット社会ではいろいろなものが生まれ様々なモノがどんどん驚異的に変わってきました。

　ホノルル留学中にウクレレを一度習いに行きました時に、先生が弾いて聞かせてくれた曲は "Somewhere over the rainbow" でした。もう一度聞きたくなり、38歳で亡くなったIZ（イズリアル・カマカヴィヴォオレ、ハワイ出身のシンガー）の歌声をうっとりとネット動画で聞き、私なりに和訳をイメージしてみました。

Somewhere over the rainbow way up high
and the dreams that you dreamed of once in a lullaby
Somewhere over the rainbow blue birds fly
and the dreams that you dreamed of dreams really
do come true

虹の彼方のどこかに　はるか高くへ　描いてみた夢は子守歌のよう
虹の彼方のどこかで　青い鳥が舞い　叶う夢が現れたのは願ったから

　それにしても、こんなに簡単に音楽リサーチをできるなんて、時代の変化に感心した私です。最近、やっと、携帯電話をガラケーから高齢者用スマホに切り替えました。ラインで簡単に家族とも連絡が取りあえて、時代のハイテクには、やはり頑張って付いていかねばと思ってしまいました。平均健康寿命は80代へ、夢老い人はいつまでも夢追い人に……。

＊山友の素顔に拍手

　私は思い出深い山登りを50代で2度経験しました。いまでも、頂上へたどり着いた時に味わえた達成感を、昨日の事のように思い出します。最初に登った山は安達太良山で標高1728m、翌年は磐梯山の1816m。

　中高年向け雑誌の募集に応募しての参加でした。コーチはエベレスト登頂をはたした田部井淳子さん。初心者でも参加可能の見出しに惹かれて申し込みをしました。

　山から下りてきて入ったペンションの温泉は、なんとも心地よかったです。知らない人ばかりの会への初めての参加。山登り経験の無い私には、ウエアや靴探しのためにアウトドアショップを訪ねることからが始まりで、まさに初めの一歩がそこから始まる感じでした。

　ペンションで同室になりました方は、高校時代から山岳部だったという山のベテランで穏やかな幸子さん。私より10歳以上年上にはとても見えず驚きでした。「リーダーの田部井さんの後ろから離れないように登ると楽に登れるはずよ」との幸子さんのアドバイスで、私は田部井さんの足跡を追いつつ必死で細い山道を登りました。幸子さんは後ろから私のサポートをしてくれました。2回目の登山は彼女と連絡を取り合っての参加でした。磐梯山は頂上に近くなると断崖絶壁では！　と私には見えました。

　勿論、エベレスト登頂を果たした田部井さんには丘位、幸子さんにも2千m以下の山は余裕の様子。

　幸子さんの道案内で、その後、高尾山599mへ桜開花の頃と紅

葉の頃に、「綺麗ね〜」と言い合いながら登りました。幸子さんとは年賀状のやりとりが続き、「またいつかどこかでね」の念願が、この秋に美術館へ一緒に行くことで叶いました。

　ランチをしながら、「山、最近も登っていますか？」と私が聞くと、「高校時代からの山友がね〜、だんだん本人が具合悪くなったり家族の介護が始まったりで、この夏は一人で上高地1500mへ登ってきたわ。でもね、一人はつまらないわ。綺麗な景色を一緒に感動できる相棒がいないのは寂しいものね。人生と一緒かしら？！」とにっこりしながら話してくれました。

　私にとっては、幸子さんは大事な山友。その彼女が、「私、今年の誕生日で喜寿になるのよ、ビックリ。昔77歳はおばあさんに見えたものよね〜。一人で山登りができる喜寿を迎えられて、私は幸せ者だな〜、と思っているの」と、つぶやいた少女のようにチャーミングな山友の素顔に、拍手を送りたくなりました。

　私の喜寿は青い海を見渡せるダイヤモンドヘッド232mに登頂して、「あ〜シアワセ！」とつぶやけることを夢にしておきたいです。

＊ハロウィンが日本で大ブレイク！

　10月に入ると、日本のスーパーでもオレンジ色のかぼちゃの絵がついたハロウィンのお菓子が売り場に並び始めていました。小学3年生の孫が、友達とハロウィンの仮装をして10月31日に、寝袋でのお泊り会をしたそうです。

　10月31日には、渋谷を初め六本木などではたくさんの若者たちが仮装で大盛り上がりだったそうです。

ブレイクのきっかけはSNSの普及。ツイッター、フェイスブック、ラインなどの影響が大きいそうです。日本のハロウィンは仮装による、「非日常」の共有が特徴で、楽しそうなパーティーの様子をSNSに上げるのが若者たちに流行っているそうです。

　日本のハロウィンがアメリカの伝統的習慣から離れて独自の形になった様子は、カリフォルニアロールが日本のおすしのアメリカバージョンとして根付いたのとどこか似ているもしれませんね。

　ハロウィン市場でのマーケティングの世界は近年「共感」や「感動」といった言葉が、キーワード。子供・両親・祖父母の3世代が一緒に楽しめて、男性も女性も盛り上がることができるので消費のボリュームゾーンの広さは、計り知れないとか。

　ハロウィンは消費を促進する格好のビジネスチャンスのひとつ。

　2015年は1200億円以上もの市場規模のハロウィン。この4年で倍増。2014年の、バレンタインデーは約1080億円。ハロウィンは既にクリスマスの6740億円に次ぐビッグイベントに。

　私も去年のハロウィンでは、若い友達の薦めでアラジンと魔法使いのジャスミン姫の衣装をディスカウントショップで買い、初めて仮装体験にチャレンジしてみました。賑やかなカラカウア通りを、我が年を忘れてマッチョな若者たちにエスコートしてもらい写真撮影をしたりして、大笑いでハロウィン散歩を楽しみました。

✳ 旅行40年アニバーサリー

　小学生の頃には1年を長く感じたと思いますが、大人になり年を重ねるごとに1年が早くなってきた気がします。

　23歳で嫁となり25歳で長女を授かりました私は、順風満帆に人生を歩めるものとその時には信じて疑っておりませんでした。が、54歳で熟年離婚。そして、元夫はその後6年で天国へ。伴侶のいない自分が64歳になってからホノルルで学生生活をしてしまうなどなどと、未来展開図は不思議だらけの紆余曲折の道でした。

　宿命も天命も定まっているかもしれません。が、生まれてから死ぬまでの間に、きっと人は迷い道に何度も遭遇するはず。その時に自分で進むべき道を選んでゆくのが運命なのでしょうか？！

　私が長女を出産しました時に、同室でした女性は10歳年上。彼女は服飾デザイナーとして活躍の後に結婚したので、初産が35歳だったのです。2人部屋でしたので、入院中にいろいろなおしゃべりをしました。その時の私は地方都市住まい。彼女は、東京からのエリート転勤族の奥さま。いずれは、その街を出てゆく人であり、磨きのかかった魅力的な女性だったので、私は心許して内輪話もしたのだと思います。年賀状のやり取りがずっと続いていました。

　私が40歳頃に彼女はふとその地方都市を懐かしく思ったらしく、ぶらり一人旅で訪ねてきてくれました。その後、「いつかもっとゆっくり話したいですね」とお互いに年賀状に添え書きをしつつ歳月が流れてゆきました。

　その念願がつい先日叶いました。2泊3日で一緒に温泉へ出かけ

たのです。そこで、私たちは、多事多難な人生話を、時間を忘れるほどにおしゃべりしました。

　彼女は、私が逞しく商家の嫁として成長してゆくのだろうと想像していたそうです。

　私がのちに離婚をした事を知らせた時には、「さぞかし勇気を振り絞っての決断だったのでしょうね」と、幅広い人とお付き合いする中で徳を積んできた彼女らしい心あたたまる慰めの手紙をくれたのでした。

　胎内記憶・誕生記憶を書かれている産婦人科の池川明先生の著書の中に、子供は両親（特に母親）を助ける為に生まれてくるとも記されてあります。40年前の12月23日に、娘は母の私へ、人生の友のご縁もプレゼントとして持って生まれてきてくれたのかもしれません。

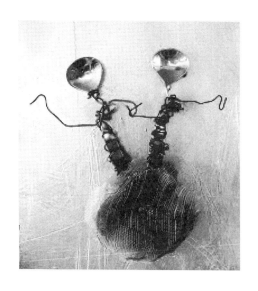

第三章
2016年（66歳）

＊毛糸のぬくもり
••••••••••••••••••••

　孫が小学校1年生の時に指編みで作った青色のグラデーションの
マフラーを、今は3歳の弟がとても気に入って使っています。

　3年生になったその孫に「あのマフラーの作り方教えて」とたず
ねると「忘れたよ」とそっけない返事でした。
「そうなの〜」私は少しがっかり。そんな私の表情を見て「大丈
夫、分かるかもしれない」と小3の孫がタブレットに向かって「子
供でも作れるマフラー」と声をかけると、なんと、インターネッ
ト検索で、指編みマフラーの作り方が表示されたのです。時代は
まったく変わり、私はすっかり時代遅れのおばあちゃんになった
気がしてビックリ！

　私が初めて毛糸で作ったものは、生まれてくる赤ちゃんのため
の白いおくるみでした。当時は、男か女か、生まれてからでなけ
れば性別が分からない時代でした。おくるみは30センチ角位の形
をいくつか作り、それを継ぎ合わせて完成させました。初めてそ
れを使ったのが現在小3と3歳と10ヵ月の孫の母親である私の長女
でした。

　何度も引越しをして、いろいろなものを失くしてきましたが、子
供たちの母子手帳だけは手元に。それと、白いおくるみは10ヵ月
の孫の昼寝時に今なお活用中です。

　こんな話も何かの雑誌で読んだことがありました。

　小学校1年生と3年生の姉妹が寒い冬の日に、上の子は手袋を持
って出かけたが下の子は持たずに出かけてしまった。途中で手が

冷たくなった妹は手袋を姉にせがむ。姉は片方だけ貸してあげたが、まだ寒いと妹が訴える。そこで手袋の無い方の手をこすり合わせて、手を繋いで歩くことにした。そうすることであたたかくなってくるから。おばあちゃんが2人を迎えに行った。このおばあちゃんも手袋をしていなかった。妹は手をこすり合わせ、おばあちゃんの手をあたたかくしてくれた。こうして3人で手をつないで帰ってきたという。

　なんでもない日常であるが、おばあちゃんとしてはこの2人にこんなことがあったのよ、と話を残しておきたいと思って新聞のコラム（朝日新聞2014年3月5日付）に投稿したのだという。それも初めての投稿であったと。ところが、これが出版社（講談社）の目に留まり、絵本作家いもとようこさんが絵本にしたという。その記事が今度は大きく紙面の4分の1が割かれて新聞（朝日新聞2014年10月24日付）に取り上げられたそうです。素晴らしい古稀の祝いになった、という話。

　本のタイトルは「てぶくろ」。"赤い糸で繋がった"毛糸が、ふわふわ編みあがっていくようなぬくもりのある話に聞こえました。

＊サンライズ

　1月14日、ダイヤモンドヘッドのゲートが開く午前6時、まだ星がキラキラしていました。地上ではゲートが開くのを待つ車のライトが繋がっていて、大型観光バスが何台か乗用車に挟まれていました。山頂でのサンライズに間に合わず途中のサンライズでも、今年1年の家内安全を願いましょうという思いで開門と供に頂上を目指して登り始めました。

　ほぼ山頂に近づく頃には空は明るくなってきていましたが、曇

り空が少し残念に思いつつ山頂を目指しました。ふと、背中の方角の東に振り向くと、何と雲の切れ間から丸い美しいオレンジ色の太陽がぐんぐんと膨らんできたのです。そして、ついに真ん丸な形で雲の上にぽっかり浮かび出てきました。

　ハワイカイの海の上にオレンジ色が一本の線になってゆらめき、波が太陽の光と繋がり揺れていました。山頂からワイキキビーチの方を見るとロイヤルハワイアンホテルの外壁のピンクもオレンジ色の輝きに照らされ濃い桃色に見えました。

　海を照らす朝陽をダイヤモンドヘッドの頂上から見ると、大自然の恵みを吸い込むことができたかのような感動が体の芯を通過していくように幸せな気持ちになりました。

　丸い太陽が大きく膨らむ瞬間を見ていましたら、その数日前に再会しました一年前の若いクラスメートの3月出産を控えてさすっていた大きなお腹を思い出してしまいました。

　その時彼女が話してくれた計画は、私にとっては初耳で、とても驚きました。それは出産後、自分のプラセンタ（胎盤）をフリーズドライにしてカプセルで飲むつもりだということでした。そ

うする事で、出産後の体調を早く整えることができるとか。ハリウッド女優さんから流行り出したという話でした。

彼女が丸いお腹をくるくると円を描くように撫でている姿は、娘の出産前の姿にも重なりました。

生まれてくる赤ちゃんは、まさに、希望と期待の光。見守る感動はサンライズを待つ時と同じかもしれませんね！

✳︎ 桜

常夏のハワイはとても暮らしやすいですが、四季折々の日本の景色も良いものです。日本人に愛される春の訪れを告げる桜には、人々の胸に様々な思いを抱かせてくれる何かがあるのではないでしょうか？　その頃は受験シーズンでもありますから、試験に合格したことを「桜咲く」と表現されたりします。

私は、桜の季節の「桜餅」も大好きです。

近頃は、スーパーやコンビニでも小麦粉を使って薄く焼いた生地にあんこを包んだ長命寺と、米粒が見える道明寺の二種類を見かけます。

長命寺は、江戸時代、江戸向島にある長命寺というお寺の門番さんが、あまりにたくさんちり積もる、桜の葉っぱに悩まされ葉っぱを塩漬けにしてお餅を包んで売ってみたというのが始まり。近くにある桜の名所の隅田堤へ花見時には多くの人が集い桜餅は大いに喜ばれたそうです。道明寺は大阪・藤井寺にあるお寺の名前でそこでは、糒（米を一度煮たり蒸したうえで天日に干した飯）を使用したのが始まり。豊臣秀吉にも献上された一品だったそうです。

ふくい舞さんが歌って2011年にヒットした「いくたびの櫻」の曲も、私は好きです。

　♪今年の櫻は早めに咲いた　二人は肩寄せこの道歩くよ　櫻の咲いてる　わずかなこの時　誰もが束の間　花やぎ生きてる　これから何年　二人して櫻を見るのでしょう　今年も大事にして　散るまでの花を見る…　春がめぐれば　櫻は咲くもの　今まで私も　そう思っていたけど　一年生きてた証だと　今では感じる　花びらひとひらさえ大切なその命…♪

　メロディーも、ふくい舞さんのハスキーな歌声も魅力的。そしてなにより歌詞に胸が打たれます。この曲は、作曲家の佐藤博さんが亡くなった愛犬に捧げるレクイエムとして作曲、山上路夫さんが作詞したそうです。山上さんは1936年生まれ、「いくたびの櫻」に詞をつけたのは2011年となると彼が75歳の時？！　様々な人生経験を重ねることで人はいつまでも円熟していけるのかもしれません。

　最近は、日本の「桜」のお花見を楽しみにやって来る外国人も増えてきているそうです。公園でたくさんの桜の桃色に囲まれ、アルコール持ち込みOKのピクニック的大宴会は、日本独特の文化スタイル？！　オアフ島の中央部にワヒアワという町があり、そこのお寺の境内には約20本の桜があるそうですね。多くの人が散るまでの桜を大事に眺めることでしょう。

＊好奇心から好気心がらみの"心機一転"

「好奇心が湧いてきて、そこに近づく努力をし始めると、不思議なほどに見知らぬ世界が広がります。気ままの先のお気楽な元気モードに気持ちのスイッチが切り替わるのは、まさに『気の』持

ちようによるところが多いと気付かされる」と書いてみますと、105文字のこのフレーズの中に、「気」が6つも入ってしまいました。反意語でも気重・気落ち・気付かない・気が利かない等々「気」が付くものがとても日本語には多いですね。

　好奇心は好気心にも繋がる説がきっとあるはずと、ネット検索をしてみましたところ、以下のような法律学者の書き込みを発見しました。

…「好奇心と好気心」。「奇」という字は「大」の下に「可」がつく。「大きな可能性を好む心」と勝手に読んでいる。目先の成果がおもわしくなくても、「大きな可能性を好む心」さえ失わなければ、仕事や勉強のエネルギーが尽きることはない。ただ、好奇心が強いだけという人は、孤独な物好き、趣味に生きる人で終わる。「好気心」を合わせもつことが大切だ。「好気心」とは協調性ないし「和」を尊ぶ心である。好奇心を大切にしながら、自分の「気」を前に向けて出している人（前向きの人）どうしは、なぜか不思議と「気が合う」。知り合った期間が短くても、急速に親しくなれる人は、相手も「好気心」の持ち主であることが多い。「気心が知れる」というのは、説明不要の関係になれるということ。人間関係の大切な推進力である。…という説でした。

　娘より若い友達が、私の周りにはちらほらといてくれます。好奇心から何かを習いに行って仲良しになったクラスメートたちなど。
　若い友の一人から、「つい最近仕事を辞めて妊活に入ったので、

面白そうな工芸のワークショップへ一緒に行きましょう」と久々にメールが届きました。彼女はいろいろな情報や技術を私に惜しみなく教えてくれます。作品を共同制作した時や、一緒に展覧会へ行って感動を共有できた時など、とても嬉しかったです。

　もしも、同年代かあるいは私よりもっと年上の方とでも、気心が通じ話題を共有できたとしたら、仲良しになれそうな感じもします。しかし、年配になるほど生き様が身体に絡んでくるから60がらみとか言われるそう？！　が、30がらみとは呼ばれない。しがらみが染み込む年配同士より、たまには妊活世代の友と遊ぶのは"好気心がらみの心機一転"でリフレッシュできる気がします。

＊ お題は脂肪

　女性専用30分フィットネスに、最近入会しました。ご近所で地域ボランティアのファミリーサポートで赤ちゃん子育て支援をしている年配の女性の姿を見て、私も体力増強を頑張ろうと思ったのがきっかけでした。

　彼女がおんぶしていた赤ちゃんは2歳児、もうすぐ15キロという。そんなビッグな赤ちゃんをおんぶしながら軽やかに散歩をしていたのです。70代というのを聞いて、私はとてもビックリ。私の9歳・4歳・1歳の孫たちも、どうしてもの時には彼女の応援サポートをお願いしてきたありがたき存在。私の一番下の孫は1歳を少し過ぎて10キロそこそこ。私がおんぶできるのはもっぱら家の中で、それも寝かせる前だけ。60代の私には彼女の逞しい姿は驚異的。体力の秘訣を出会った道端で思わずたずねると、フィットネス通いが功をなしているかもと、私にも薦めてくれたのです。

駅に近いところにあるフィットネスへ行ってみると、小学校の教室位の部屋に様々な体を動かすための小ぶりなマシンがあり、それぞれのマシンでスポーツウエアやジーンズ姿の女性たちが軽やかに運動しているその表情は、にこやかでも真剣そのもの。

「ハイ、場所を動いて」という英語の号令で、マシンを次々に移動していく、12機のマシンと半畳位の足踏みマットを次々とまわること2周、そしてストレッチをして30分というのがコース。シャワーを浴びるほど汗をかくわけでもなく、終わればすぐ皆さん帰るので、目まぐるしく人が入れ替わる大盛況ぶり。

　高齢化が進み続ける昨今、できる限り寝たきりにも認知症にもならずに、健康年齢も寿命に沿いたいものです。そんな思いは私だけではなさそう……。

　掲示板のお知らせに、募集中の川柳「お題は脂肪」と書かれてありました。年齢と共に落ちにくくなる脂肪をなんとか燃焼し、筋肉増強を図りたい一心で女性たちは健気にマシンのペダルを漕ぎながら頑張っているのです。私も大事に一枚だけとってある昔の細身のスーツを着てみたい。私の脳裏に浮かんだ川柳は、"ウエストよ　縮んでおくれ　フィットネス"

＊笑顔のまんま

　小学4年生になった孫の運動会、最初の種目は表現運動でエイサーという沖縄の盆踊り。音楽は沖縄県石垣島出身アコースティックバンドBEGIN（ビギン）の「笑顔のまんま」。いい歌だなあと思いつつ、沖縄風の衣装で踊る孫の姿をカメラに収めようとしている間に終わってしまい、スマホで歌詞を検索してみました。

　歌詞の一部には、「つらい時でも笑ってられる……　悲しい時こ

そおどけてばかり……　だけどそんなあんたを見てると　なぜか優しい風が吹き抜けてゆく　湿った心は笑いで乾く　笑顔のまんま　そうさ　THAT　WAS　THAT　あの時はあの時さ　僕が笑いを君にあげるから　君の笑顔を僕にください」とあります。

　先生たちは運動会で、心身共に子供たちが1年間でどれほど成長しているかを、いかにして親たちに見せるかを、それぞれの学年にふさわしい演目選定で工夫と努力をされていらしゃるのを感じました。

　2番目の種目は「棒引き」。校庭中央に置かれた竹の棒の取り合いをする競技。2回戦が終わり、赤い体育帽と白い体育帽が両サイドに一列になりました。結果は、26対20で白組の勝ち。白い帽子の中にいた孫は、ジャンプして喜んでいる様子。

　種目3番目の100m走も、4人中1番に！　私は大きな拍手を送りました。

　私が窓際から観戦していた3階の孫のクラスの壁に、"運動会のめあて"という題名で、それぞれが希望を書いた紙が張ってありました。近づいて孫のプリントを探してみますと、「棒引き：10本位は全員で取りたい。あぶないきょうぎなので気をつけます。エイサー：沖縄の踊りです。感謝の気持ちを込めて踊ります。100m走：頑張って1位になります」と書かれてありました。

　転校生のプリントも発見、文字だけではなくかわいいイラスト付き。「エイサー：前の学校では毎年ソーランぶしを踊りました。先生ではなく上級生が教えてくれました。100m走：1位をとり、お母さんをよろこばせたいです」と書かれてある文字とイラストを見ていると、涙が込み上げてきそうになりました。この転校生は

母子家庭なのか？　どんな理由にしろ、母を喜ばせたいと願う10歳の少女の気持ちに胸をうたれました。

　お昼休憩では娘が用意した色とりどりのおかずがレジャーシートに並びました。太巻きとお稲荷さんははばあばの私が毎年作っていましたが、今年は孫の希望でおにぎりに。それもなんと、ハワイ名物のスパムむすび！　私は自分のホノルル留学期間を懐かしく思い出し、「笑顔のまんま」で運動会のひと時を過ごしました。

＊新種のキョウヨウとキョウイク

　暦は7月に入ってしまいました。1年の半分が終わり後半の始まりです。もういくつ寝るとお正月……にはまだ半年ありますが、お楽しみの行事があると1年が短くなるのではないでしょうか。小学生の頃は、遠足や運動会や修学旅行やらを、指折り数えて待った日がありました。

　今、私は風邪気味にもかかわらず10日後に友達と出かける小旅行を楽しみにしています。行く先は、福島県いわき市のスパリゾートハワイアンズ。温泉施設を利用した大人も楽しめるテーマパークが5つもあるそうです。友達から、水着を忘れずに持ってきてね、と連絡がありました。ほんとうに水着を着て“完熟女”4人が楽しめる施設かどうか行ってみなければ分かりませんが、ハワイアンズというネーミングにも惹かれました。

　水着を着て楽しめるという、打たせ湯・オンドル・ミストサウナ・ボディーシャワーに、浴場面積が千平米もあるギネスワールドレコーズに認定された世界最大の露天風呂等々。随分と魅力的な施設がありそう……。なんとか10日後までには風邪を治したい

と安静にかつ少しずつ体を動かし養生中です。

　10年前なら風邪なら2,3日で治ったはずが、5年前位から、4,5日か5,6日になり、とうとう今回は市販の風邪薬では無理かとお医者様に行き始めてはや10日も経過。病気への抵抗力が落ちたことを感じずにはいられません。やはり風邪は高齢者には万病の元なのでしょうか。気持ちは時に年齢を忘れてしまいますが、体が年を教えてくれるみたいです。

　そんな中、つい先日故郷の友達と久しぶりに電話で話す機会がありました。

　彼女は4月から市民大学の聴講を受けていて、そこで覚えた従来の意味とは違うシニア世代に向けて発せられた造語のキョウヨウとキョウイクの話を私にも聞かせてくれました。

　2013年7月14日の朝日新聞の「天声人語」で紹介され広く知れ渡ったそうです。初めは心理学者の多湖 輝（たご あきら）さんの著書『100歳になっても脳を元気に動かす習慣術』の中で提案された発想。【「キョウヨウ」が教養ではなく「今日（キョウ）、用（ヨウ）がある」、と、「キョウイク」が教育ではなく「今日（キョウ）、行く（イク）ところがある」】とは、なるほどな〜、と思わず笑ってしまいました。もとから天然ボケ気味なのに年と共に益々気の利かなさに拍車がかかりそうな私には、「他人と話す」「他人と笑う」も必要と肝に銘じていたいものです。

✳ 息抜き

　スパリゾートハワイアンズへ、7月中旬に完熟女4人で行ってきました。仲間一人から、「ビキニを忘れずに持ってきてね」と事前連絡もありました。

水のアトラクションがたくさんあるハワイアンズへは、新宿からバスに乗り約3時間。ビキニを持ってきて、と電話をくれました友が「え〜、そんなこと電話で私言ったかしら？　あの晩は外で酔っぱらっていたから〜、忘れたよ〜。私水着持ってこなかったわ」との発言に、他の3人は「言ったわよ！　間違いないよ」とブーイング。到着後、彼女の水着は別の友が予備で持ってきていたモノで収まりました。

　到着当日にフラダンスショーを見学して温泉に入って、バイキングの夕食を堪能。お腹いっぱい食べて飲んでお部屋に戻ると、ちょっと休憩のつもりが私たち3人はすっかり睡魔に襲われダウンしてしまいました。が、1番年長さんの友（70代半ば）だけは、夜のフラダンスショーへも出かけて行きました。4人は、趣味繋がりで仲良しになった年齢も人生経歴もバラバラ。でも、たまに会うと気持ちスッピンで大盛り上がりができます。案外、同級生ではなく過去の姿を知らないからこそ良いのかもしれません。

　翌日には、私たちはなんと全員ウォーターパークにあるメインプールの全長131mでビルの高さなら6階位にもなる高低差17.5mのスライダー（大型滑り台）にも乗ったのです。きっと、子供たちと一緒だったら、「無理だから荷物番をしていてね」と言われるのがオチ。でも、人生の険しい山あり谷ありをそれぞれに乗り越えてきた完熟女4人は、怖いものナシ。「このままお陀仏でも天国行きよね〜」と、恐れることなくスライダーにチャレンジ。専用浮き輪に座り滑ってみると、オリンピックのボブスレーってこんな感じかしらと思うほどのすごいスピードでした。

流れるプールでは、最年長さんが入りがけに足を滑らせてあわや溺れかけました。すぐ傍にいた私は必死で彼女の腕を掴み、流れから救い上げることができました。でも、もし溺死になっていたら、「新聞沙汰になっていたね」と大笑い。

　子供たちに囲まれて過す家族と一緒の時には、それなりに年配者になってしまう。それが、趣味仲間のほぼ同世代の友達と一緒だと、まだまだイロイロな事にチャレンジができるから面白い。1泊2日で遠足気分をたっぷり味わえました。息抜きとは、まさにこういうことを指すのでしょうか。

＊アラハンの本

　アラハンとは"Around Hundred"、100歳前後の高齢者のこと。アラハン本がブレイクしていると、テレビの情報番組で紹介されていました。

　98歳の家事評論家・吉沢久子さんの著書「人間最後はひとり」のサブタイトルは、最後まで幸せのおすそわけ。101歳の笹本恒子さんは日本初の女性報道カメラマン、「バラ色の人生」「好奇心ガール、いま101歳」の著書や50万部のヒットとなっているのは現代美術家・篠田桃紅さん103歳の著書など。

　思わず番組に見入った私。というのも、書店に立ち寄った時に目立つ場所に平積みになっていた「百歳の力」という篠田桃紅さんの本を私も買って読んだばかりだったからです。本の帯には、一人でも人生を楽しむ秘訣、"我慢しない""期待しない""逆らわない""年を考えない""予定を立てない"、とありました。

　家族がいると、我慢は年長者でもすべき時もあり、子供たちや孫の成長には期待しがちに、子供の意見に逆らわない訳にはいか

ないこともしばしば、疲れやすくなったのはすぐ年のせいにしたり、予定は無いよりありの方がボケないと思ったりの我。「一人でも人生を楽しむ秘訣」というキャッチコピーにとても魅かれました。テレビの取材にも篠田桃紅さんは、「こんなに長く生きるとは、想定外ね」と背をピーンと延ばして淡々と話している和服の立ち姿はお見事でした。

　長寿といえば、金さん銀さんブームも思い出します。お二人は1892年（明治25年）8月1日愛知県生まれ、内職として特産品の有松絞りの仕事をされながら、1991年（平成3年）数え年百歳を迎え、時の人になりました。100歳！　とのニュースにビックリした記憶があります。

　数年前、100歳の詩人・柴田トヨさんの「くじけない」は160万部のベストセラーに。トヨさんの名言のひとつ、「人生、いつだってこれから」。私もそう思って今日を過ごし明日を迎えたいものです。

　ところで、ハワイ州住民は平均余命・健康寿命共に全米各州のなかで一番長く、健康寿命は81.2年（女性82.3年、男性80年）で、平均寿命は86.3歳（女性88.2歳、男性84.3歳）。年間を通じての良い気候が年配の人々の健康に大きく影響しているそうです。

　日本では平均寿命と健康寿命の差が10年近くもあるそうです。寝ながら長生きではなく逝くまで元気が、みなの願いのはず。アラハンの本は、転ばぬ先の杖としての知恵袋という感じでしょうか。

＊日本のトイレは素晴らしい！？

　先日テレビで日本在住の外国人が、母国にこれぞメイドインジャパンと誇れるものを持っていって、祖国の身内を驚かせる番組が放映されていました。

　イラン人の父と日本人の母を持つ日本生まれの小学5年生の女の子が、イランのテヘランに住むおじいさんのところへ日本のシャワートイレを持っていくという内容はとても面白かったです。なんとイランでは、トイレで用を足すと傍にある水が出るホースでお尻を綺麗にするというのです。トイレットペーパーも無しには驚きました。そんなお国の人たちは、日本のシャワートイレに大興奮でとても感激していました。女の子も大満足の笑顔いっぱいで大喜びのおじいさんとハグする姿はなんとも微笑ましく、テレビを観ていた私の心もあたたかくなりました。

　以前、友人とトルコへ旅行に行った時に宿泊先がイスタンブールの高級なホテルでしたのに、トイレットペーパーはトイレに流さないでくださいと、使用済みの紙を入れるボックスが置いてありビックリしました。ちょうどオリンピック候補地として東京もイスタンブールも名乗りを上げている時期でしたので、私は、トイレでは日本の勝ちと思いました。最近は、全国到る所に在ります道の駅のトイレも驚くほどに綺麗に整備されてきています。

　外国人が日本に来て、一番驚くのもトイレだそうです。

　外国人曰く、「東京に行ったことがあるけど、日本のトイレは、用を足した後にお尻を洗ってくれたり、音がでて恥ずかしい自分の音まで消してくれるんだよ。日本のトイレは超ハイテクモノ」と。

アメリカには、日本のトイレを紹介しているテレビ番組もあったとか？　日本の誇れる輸出品になったのでしょうか？　日本以外であまり普及していないというウォシュレット。しかし外国人、特にセレブからの支持は絶大で、マドンナもウォシュレットの虜になっているようです。ちなみに「ウォシュレット」はTOTOの、「シャワートイレ」はINAXの登録商標だそうです。これからも世界中の人たちに喜ばれるメイドインジャパンが生まれることを期待していたいです。

　ホノルルでは、レストランのトイレを使用するときに、お店の方から鍵をお借りしないといけないこともしばしばでした。レストランのトイレも出入りが自由なのは、日本が安全な国だからこそ。ありがたいです。

　古くから日本では、トイレを綺麗に磨くとかわいい子供が授かるとも言われていたとかで、大きなお腹でトイレ掃除に励んだ昔もありました。（しかし、いまどき、姑がお嫁さんに、そんなことを言ったとしたらパワハラ騒動になってしまうかも？！）

＊便利と危険は背中合わせ

　ホノルル滞在中もずっとガラケー（通話とメール機能主体）を使っていました。クラスメートたちがスマホのラインで一斉に連絡ができるのに、自分だけがガラケーなので、連絡を別途もらうという面倒をクラスメートにかけて申し訳ないとは感じていました。ラインができると、国際電話も料金がタダになるというのはいいなあ～、と思い眺めていました。しかしながら、私には頻繁に電話をして声を聞きたくなる相棒がいるわけでもなく問題なしでした。

帰国し半年ほどたった時に次男が急病になり、家族の中で私だけがガラケーというのはラインに入れず不便でした。そのことがきっかけで、高齢者向けスマホに変えました。

　インターネットにも繋がるので、出先で場所を確認する時でも地図を見ることもできるし、家族間の連絡網として使うラインというのはとても便利だと感心しました。スケジュール帳もスマホの中に入れておけば楽だと友達に薦められていますが、まだ紙の手帳を使っています。携帯を使う前は、小さな電話帳も持ち歩いていました。

　固定電話だけを使用していました時には、身内や友人の電話番号は頭の中に記憶として入っていました。でも、携帯を使うようになり、私の頭の中でそれらは記憶として保存されなくなってしまいました。友人の中には、家族の携帯番号を忘れてはいけないので、そのつど番号を押していると言っていた方もいました。

　いま、携帯をなくしたら、公衆電話からは娘にしか連絡がとれない愚かで哀れな迷子婆さんになってしまいます。公衆電話もひと昔前にはあちこちにありました。駅や空港ではたくさん並んでいました。でも、いまではあの緑色の公衆電話はとても少なくなりました。

　先日私のスマホに、「最近会ってないわね〜、元気？　近いうちにお茶しましょう」というメールが届きました。名前が表示されずアドレスのみで、「誰かしら？」と返信しようと思ったのですが息子にそのメールを一応見せました。すると、息子がそのアドレスを調べて、迷惑メールだと判明したのです。もし私が返信をしていたら、サイバー攻撃を受けて携帯アドレス帳に入っている友

人たちの個人情報も拡散されていたかもしれないと思うと怖くなりました。私の携帯が高齢者向けスマホなので、新手の詐欺に狙われたのかもしれないと、息子から注意勧告を受けました。

便利と危険は背中合わせ？！　とビックリでした。

＊今日一日、あなたは何回笑いましたか？

タイトルは、近所のお寺の門前にて見かけた言葉です。その文字を見てふと気付きました。

そういえば、私は、昨日も今日も声を出しては笑っていないぞ！無心で笑顔になっている時は、いま1歳半になる孫を笑わせようとしている瞬間だけかもしれない。

赤ちゃんは、「オギャー」という泣き声で誕生し、おしめが濡れてもお腹がすいても、泣くことで知らせてくれます。でも、笑いは、覚えていくという動作。赤ちゃんが新生児でも、寝ながら "にや〜" と微笑むことがあります。あれは「新生児微笑（生理的微笑）」と言われ顔の神経の反射らしいですが、「自分が笑うことで周囲がやさしくしてくれる」という自己防衛手段との説もあるようです。夢を見て笑っているわけではないそうですが、欧米では赤ちゃんが寝ながら笑うと「天使がくすぐった」「エンジェルスマイル」とも言われるとか。

生後3ヵ月以降にはママやパパ、身近な人と同じような笑い顔が少しずつできるようになり、赤ちゃんが声を出して笑うようになるのは、感情表現が豊かになる生後6〜7ヵ月頃から。あやすとケラケラと声を出して笑うことが増えて、周りをとても和ませてくれます。

今は小学4年生になる男の子の孫が、7ヵ月の時にベビーベッド

の下の方からベッド上にある柵越しに私が顔を出し「いないいないば〜」をして孫が笑うのを私は楽しみました。一番先にケラケラと声を出して孫を笑わせたのはこの私でした！　というのが祖母としての自慢話として大事にしています。

　いまどきの4年生は10歳を記念して、ハーフ成人式という行事をする学校もあるそうです。半成人となった孫は、最近では私がにっこり顔をしてみせても、「どうかしたの？！」としらけています。そんな少し大人びてきている様子の孫が、学校で短歌作りがあったとクラスの作品表を見せてくれました。おませな女の子は「青い空　緑がゆれる　木の下で　いとしいあの人　待ち続ける」と年齢不詳ぎみ。笑ってしまった句は、「勉強が　すごくきらい　どうしよう　漢字もきらい　大丈夫かな」「おじちゃん　大きいおなら　いいけれど　たばこだけは　やめてくれ〜」男子の句。

　孫は、別の形で私を笑わしてくれたのだと気付きました。

　口角を少し上げてにこやかな顔にと、ホノルルのクラスでは日々教えられました。いくつになってもにっこりとした笑顔が似合う人でいたいものです。

第四章
2017年（67歳）

✻ホノルルと銀座のザクロの赤い実

　ホノルル・アカデミー・オブ・アーツの壁に刻まれた"East meets West"の文字は、そこで、東洋と西洋の文化に人々が出会えることをコンセプトにしていることの端的な表現。いくつもある優美な中庭が、東洋と西洋の空間を結んでいるように思えます。こちらの美術館は1927年4月、宣教師の妻としてハワイへやって来たアナ・ライス・クック夫人が収集した約5千点の美術品を元に創設されたそうです。当時は、ベレタニア通りから東はダイヤモンドヘッド、西はオバマ元アメリカ大統領も通ったというプナホウ・スクールまで遮るものがなく、あたり一帯を見渡せたとか。所蔵品がいまでは3万3千点を超え、国と州の重要歴史文化財に指定されているそうです。

　オープンエアのカフェで食べられるオーガニックメニューのランチも美味しく、美術館へ早めに行き、ランチの予約をして午前中に館内を見て、最後はミュージアムショップで素敵なレターセットなどを買うのが好きです。レストランから見える、高さは2メートル以上ありそうな大きな陶器の壺は圧巻。作者は、アメリカ在住の日本人の金子潤さんの作品。これと同じものを作ってくださいとお客様から美術館へ発注をされることもあると聞いてさらにビックリ。さすが大きな国アメリカ！！！

　1月末の訪問時に、美術館の中庭でザクロの赤い実を発見しました。

　ザクロの花言葉は"優美"、木は"互いに思う"、花は"成熟した美しさ"、実は"結合"

東京・銀座1丁目に、小さなアートギャラリーが20軒以上も入居しているレトロなビルがあります。1932年の建物で当初はモダンなアパート。そこの2階の隅にあるギャラリーの名前はアートスペース"銀座ワン"、小窓からザクロの木が見えます。第2次世界大戦の戦火も免れたこの奥野ビルは、当時GHQも押収を考えたそうですが、アメリカ人にとっては天井が低いのと、各部屋にバス・トイレが付いていないことで却下されたとのこと。

ザクロの見えるギャラリーオーナー兼作家は、絵筆をまったく使わずキャンバスの上に絵具を流して自然風景を描き出す「自然造形画家」。その絵画造形の構築法は、数学のフラクタル理論に基づく自己相似形を造形原理とするアートだそうです。

ザクロの木に赤い実が色づくのは秋とのこと。1昨年に、海外の新聞でこのレトロなアートギャラリービルが紹介されて以来、外国からの訪問者が急に増えたそうです。

アートが集まる空間に生まれるホノルルと銀座のザクロの赤い実は、まさに「結合」に添えられた実のよう!

＊着物ブーム

先日シアトルから娘の友達40歳が17・16・12・11・7歳の女の子5人を連れて遊びに来ました。私の娘は、浅草で着物を着て人力車に乗る観光プランを彼女たちへ提案しました。17・16歳のお嬢さん2人が着物姿になりました。手際よく着物を着せてもらい大満足で、人力車に乗り浅草寺のそばで人力車を降りて、そこから仲見世通りへの散歩を始めました。彼女たち6人に娘と私はお供で散歩を始めました。

行き交う若いカップルや、若い女性たちなどたくさんの日本人もカラフルな着物姿で外国人と同じように散歩しているので、ビックリしてしまいました。着物レンタル屋さんの話では、ここ数年であっという間に着物ブームが起きたそうです。着物レンタルのブームは、急増する外国人観光客が火を付け、それが日本人に逆伝播。東京の浅草・銀座・原宿などで特に盛んになってきているようです。でも、ブームに火が付いたのは京都からでした。10年位前から着物産業関係者たちが、着物文化再生を願ってまずは着てもらって楽しんでもらおうと、熱心に取り組みを始めたそうです。「浴衣を着て懐石料理を食べよう会」「着物で歌舞伎座に行こう会」などの企画もイロイロ。着物は日本人の民族衣装とも言えますが、日本人は世界でもっとも民族衣装を着ない人種とか！なぜなら「普段から着慣れていないと自分一人でなかなか着られない」「着ている間は苦しい」などのデメリットが理由とか？！

　でも、今回私は、お供で着物レンタル店へ行き、初めて、足袋もカラフルなストレッチソックスで、帯もギューギュー締めではなく変わり結びで簡単に付けられる事を知りました。着物姿になりました16・17歳の彼女たちは、ジーンズであぐらを組んで座っていた姿とは打って変わって、歩幅を短くして背筋を伸ばして歩く姿もおしとやかになり、そんな娘たちの姿を見つめる青い目のママさんの笑顔も微笑ましくこちらも嬉しくなりました。

　外国人観光客が毎年増えている日本で、古き良き日本文化がほんの少しずつ進化して新しいものが生まれてくるのは嬉しいこと、着物ブームもそのひとつではないでしょうか。

＊骨身にしみる

「あっ痛い、ささったかしら？」魚の小骨が私の喉の途中で引っかかった感じがしました。炊き立てのご飯を噛まずに呑み込むと取れるはずとの記憶を頼りに、何度かトライしても、やっぱり痛い。喉の違和感と不快感が翌朝に持ち越しになり、朝一番で耳鼻咽喉科へ駆け込みました。「どこが具合悪いのですか？」と女医先生。「昨夜の夕食で、魚の小骨が喉に刺さった感じがして、ご飯の丸呑みをしても取れないので……」と私。

「ご飯の丸呑みは迷信。骨が喉に刺さったら耳鼻科に来て取るしか手は無いの。取れないときもあるのよ」と先生。「えっ、取れなかったらどうするのですか？」この先が不安になりました。「大学病院へ紹介状を書くわ」と答えて、「まあ、とりあえず見てみましょう」と、拡大鏡のような片眼鏡で、大きく口を開いた私の喉を覗き込んで、「あっ、あった〜」と言って、細い器具を私の喉に入れて手早く取り出してその骨を見せてくれました。私は、数ミリのものかと思ったら、とても細かったけれど長さは2センチ位あり、

半分は折れ曲がっていました。先生は「よかったね〜」と言いながら、その骨を私のカルテに置きご丁寧に透明セロハンテープで貼り付けました。

　骨ハプニングは私の病歴として、先生の腕自慢としてカルテに記録されたのです。小骨が取れたら、うそのように痛みも消えてビックリ。

　ふと、孫の骨騒動を思い出しました。孫が2歳になる前、「今日の夕食は、小骨を丁寧に取って秋刀魚を少し食べさせてみて」と娘に頼まれ、安全そうな身の部分を孫の口にヒヤヒヤして入れました。小さな歯でもぐもぐと噛みながら嬉しそうに食べる様子にホッとしたのも束の間、「うっ」と孫が喉に手を当てて、辛そうな顔で食べるのをストップ。「痛いの？？？」と問いかけると首を縦に、あわてて娘を大声で呼び、夜間緊急を受け付けてくれる大学病院へタクシーで急ぎました。オロオロして待っていると孫と娘が診察室から戻ってきて、「取れたのよ、やっぱり骨がささっていたの」と娘。孫はニコニコ顔になっていました。その孫も、もう小学5年生。

　骨が取れてさっきまでの喉の痛みが嘘のように消えて楽になった私は、孫のあの時の笑顔を思い出してしまいました。昼にお蕎麦を美味しく頂戴できた時、娘に「これからは、もっとよく噛んで食べるのよ」と言われ、その言いっぷりが若かりし頃の私とそっくりのように聞こえ、老いては子に従えか〜、と娘のセリフが骨身にしみました。

✳名言あれこれ

　若い時にバンタンデザイン研究所という学校へひととき通いました。しかし、毎週100枚のファッションデザイン画を書くことが課題として出され、早々に降参して辞めてしまいました。

　そのクラスの先生が論じた「何事も夢中になると『快食・快便・快眠』を実感できる。食べる事もトイレに行く事も寝る事も忘れるほどに没頭できる事に出合えた時、それが天職と思ってよいはずだ」との言葉が記憶の片隅から消えること無く残っていました。20歳（1969年）の頃の私には、25歳位だったはずの先生がとても大人に見えました。その先生は、日本人として初めて、1971年にロンドンでファッションショーを開催し、後に世界的に有名となるファッションデザイナー山本寛斎さんでした。

　陶芸を始めた頃の私は40代、粘土を無心に触りふと外が暗くなってきたと気がつき、雷雨でも来るのかと思いきや、昼ごはんを食べる事すら忘れて朝からあっという間に夕刻になっていたのでした。その時に、やっと若い頃に耳にした寛斎先生の言葉が分かったような気がしました。

Imagination is more important than knowledge. Knowledge is limited. Imagination encircles the world.

　～想像は知識より重要である。知識には限界がある。想像力は世界を包み込む～

　アルベルト・アインシュタインの名言を頭に浮かべては喜んで、その言葉に寄りかかる私。知識力不足の自分には好都合な名言。

　ジャーナリストの櫻井よしこさんの本、「何があっても大丈夫」には、波乱万丈の中で懸命に生きた母が描かれていました。【帰ら

ぬ父。ざわめく心。けれど私には強く優しい母がいた。母は前向きであることの大切さを説き、こう言い続けた。「何があっても大丈夫」。誰しも眼前に大きな壁が立ちはだかることがある。大粒の涙をこぼす日もある。しかし、どんな困難に直面しようとも自分を信じ、すべてを良い方向に考え、強く願えば、きっと大丈夫だから──】と、《新潮社HPの櫻井よしこ著『何があっても大丈夫』新潮文庫刊の作品紹介文》に、記されてあります。

先日、テレビ番組で木村佳乃さんという女優さんが、おばあさんに「いい加減は良い加減」と言われ続けていた事が、凝り性の自分の性格にはとても良かった、と話していました。

物まねで有名なコロッケさんの舞台を見に行った時、自分の生い立ちはとても貧しかったけれど、母親から"「あせるな　おこるな　いばるな　くさるな　まけるな」という言葉の頭文字「あおいくま」を忘れずに生きるのよ"と教えられ、「あおいくま」に何度も救われてきたという話もジーンときました。名言は、どこの家にも空気のように存在していて、家人を包んでくれているのかもしれません。

✴願いが叶いますように

7月7日の七夕が近づき、住まいのマンション1階ロビーに緑が美しい柳が置かれ、子供たちがそれぞれのお願い事を書ける短冊がカウンターの傍にありました。

柳の木の短冊が日を追うごとに増えていきます。「家族が仲良くいられますように」を見つけると、そんな子供心がいとおしくなりますし、「世界が平和な世界を望みつづけますように」というのを見つけて、テロ多発のニュースが流れて心配している子供がい

るのだと知りました。

　7月1日の朝、私は近くの神社へ行きました。数日前に見かけた「茅の輪くぐり」の輪が気になったからでした。6月は夏越しのはらい、12月は年越しのはらい。6月は、正月から半年間のケガレをはらい、残り半年の無病息災を輪の中をくぐり祈願する慣わし。

　茅の輪は茅葺屋根などに使われる茅という植物で作られ、魔除けや災難除けの力があると考えられてきたそうです。

　日本人は自然万物に神さまが宿る八百万の神の存在を受け止め、太陽・月・風・雷といった天文・気象の神もいれば、土地・田・山・川・石など、また家の台所・かまど・お便所などにも、さらには動物・植物にも神が宿ると考える独特の宗教観もあります。

　私は、ホノルル留学中に早朝はアラワイ運河沿いを散歩して美しいサンライズを拝み、夕方はワイキキビーチで水平線に落ちてゆくオレンジのサンセットを眺めるのが好きでした。太陽に神さまを感じながら感謝し、日々の無事を祈っていました。

　人の世界でも普段からの繋がりが大切。初対面の人に突然大きな相談事などをするのが非常識なように、お願い事は信頼関係が必要。それと同じように、願い事のときだけの「神だのみ」は、神さまに通じないようです。

神道は、「挨拶に始まり、挨拶に終わる」といい、挨拶の心がけから神さまに通じる道が開けてくるのだそうです。人の世界でも、形だけの心のこもらぬ挨拶では相手の心に届きません。神さまに届く挨拶は、真心を込めることが一番のようですね。家内安全・世界平和は何より大事、子供たちの七夕の願いが神さまに届くことを祈っています。

＊ 空港にも温泉がありました！

　7月に札幌でフェルトのワークショップがあり、昨年に引き続き2度目の参加をして来ました。講師はアイルランド在住のフェルト作家内山礼子先生。昨年海外のフェルト講習会をネットで検索中に彼女のホームページに出合いその作品に強く魅かれてしまいました。今年も何ヵ月も前からホテルを探したのですが、夏の札幌は避暑地としても人気があり、やっと探したホテルは“ホテル○○札幌すすきの”。夜の繁華街の名前が付いていましたが中島公園の近くで喧騒からは離れていました。モダンな感じの最近できたホテルで外国人のお客様が多いのかフロントスタッフには若い欧米人の男性もおり、私の隣でチェックインしていた英語と中国語を話していた若いカップルに対応していました。

　日本に来る外国人は多い順に、1位中国・2位韓国・3位台湾・4位香港・そして5位アメリカで全体の4分の3以上とか。2016年の訪日観光客数は約2400万人で日本政府は2020年までに4千万人を目標としているそうです。
　台湾から格安航空会社を使うと日本のどの空港でも往復8万円位というチケット代は、若いカップルが気楽に日本へ来られる後押

しになっているのかもしれません。宿泊したホテルには大浴場があり、男性と女性が時間交代で使えました。お風呂には英語・中国語・ハングル語で使用の案内が貼られてありました。今年の1月にホノルルへ行った時にも、中国人が急増しているのか、ショップへ入っても日本人スタッフより中国人スタッフが多く目に付くように感じました。

　ホノルル留学中は、ワイキキビーチへゴザマットを持って昼寝に行くのが楽しみのひとつでした。背中に感じるビーチのあたたかさに、日本の温泉地で体験した砂風呂とか、スーパー銭湯の岩盤欲を思い出しました。波の音が心地よく響き日傘の端から見える青い空に心が洗われる様な気持ちがしました。まるで露天風呂に入って「いい湯だな〜」と溜息が漏れてしまう時と似ていたかもしれません。温泉好きな日本人故に常夏のハワイが大好きになってしまい、温泉とは違う“癒し”の時間を味わえる身近な海外がハワイなのかもしれませんね。ゴールデンウイークも年末も海外旅行の人気NO.1はいつもハワイ。

　私は、今回新千歳空港の4階に温泉施設があると聞き、北国のお土産買いはやめて、まっすぐ温泉に行きました。露天風呂で飛行機が飛び立つ轟音に驚きつつも、“やはり温泉はいいな”と、ワークショップで酷使した腕・腰・足が暑い東京へ戻る前にゆったり癒されました。

＊気になる！

　友人と落語を聴きに行く機会がありました。会場はオチで大笑

い、私も久々に周りに遠慮なく声を出して笑えました。

　この日の噺家<ruby>噺家<rt>はなしか</rt></ruby>の名前は柳家吉緑<ruby>柳家吉緑<rt>やなぎやきちろく</rt></ruby>さん。1984年生まれの33歳。小噺の中間に自分の話もありました。

　真夏に1時間半ほど冷房の弱い部屋で落語をする機会があり、数十人のお客様は扇子をパタパタし飲み物を口に入れつつよく笑いながら聴いてくれていたけれど、新米の自分はお水を飲む間もなく無我夢中で話し続けて帰宅。家に着くなり頭がくらくらとなったそうです。着物が汗だくになって風邪をひいたのだと思い熱を測ると38℃。頭を冷やしながらバタンキューで寝床に入ってみたものの、2時間ごとに目が覚め熱を測るとぐんぐんと高熱になり、もしや風邪ではなく熱中症ではと思い何度になったら救急車を頼むべきかとネットで検索し、40℃になったら救急車必須と発見。39.8℃を超えて救急車を頼んだそうです。数時間の点滴でやっと落ち着き生還できたという実話。

　私ならとても生還は無理だったでしょう。熱中症対策にはこまめな水分補給はホントなのだ！　と肝に銘じた、気になる話でした。

　落語会の帰り道、とても面白い建物に出合いました。男女4人の横顔が入り口になっている「厩橋際公衆トイレ」<ruby>厩橋<rt>うまやばし</rt></ruby>。東京下町の台東区蔵前と墨田区本所を結ぶ厩橋の傍にある公衆トイレ。

　近頃は2020年のオリンピック・パラリンピック開催に向けて浅草などの地下鉄ホームやトイレのリフォームが急ピッチで行われているので、このトイレも改修したばかりなのかと思いきや、1991年に橋の補修工事と同時にこのユニークな形に。当時はバブル景気で、奇抜で目立つようなデザインになったのでしょうか。

次に、その傍の横断歩道を手つなぎして渡ってゆくシニアのカップルに目が留まりました。アロハシャツの男性にムームーみたいなワンピースの女性。トロピカルカラーよりは少し落ち着いた色合いでしたが、ホノルルを思い出してしまいました。

　ふと、私の脳裏に、♪この木何の木気になる木〜ホノルル国際空港近くのモアナルア・ガーデンにある日本の電機メーカーのCMに使われた木のCMソングがよぎりました。

＊もう少し大きくなったらね

　私は2年前に娘の3度目の出産に間に合うように、ホノルル留学から帰国しました。学校の卒業証書はもらえましたが州のライセンス試験は諦めました。誕生した孫は女の子。上2人の男の子とは違う女の子らしい愛らしさがあります。

　怪獣ごっこであやしていた上2人の男児とは大違い、遊びもお人形さんやおままごとなど。男女はまったく異質。乳児から幼児になるときに男児と女児は、好みも素振りもすべてが分かれていくのか、と孫の成長を見ながらつくづく思います。

　10歳の小学5年生と5歳の園児は、野球に夢中です。夢はプロ野球選手になること、が2人の答え。5年生の孫の野球の試合に行っ

てみると、パパさんたちが息子たちと同じユニフォームを着て球場でのサポートをしているのです。パパもきっと子供の頃はプロ野球選手になりたかったのかもしれません。勿論そこには誰一人プロの野球選手はいないです。私もこの子たちの中からプロ野球選手が誕生したら楽しいなあ、という夢を見つつ応援しました。ともあれ、孫たちへの祖母からの願いは、体は元気に心優しく育ってくれることが何よりです。

5年生の孫は私の身長をまだ越していません。でも、先日娘の家の2階から荷物を持っておりかけた時に、「僕が荷物を持ってあげるよ」と言って私の荷物を軽々と1階へおろしてくれました。亡き夫にも言われたことのなかった台詞に、胸の奥が熱くなりました。

数日前に娘の家で、一緒におままごと遊びをしていた2歳半ばを過ぎた孫の言っていることが分からなく、「なあに？！」と数回繰り返して聞きました。すると、彼女は私に「もう少し大きくなったらできるからね」と言ったのです。なんだかとても可笑しくなってしまいました。荷物を持ってくれる5年生や「もう少し大きくなったらね」と言ってくれる2歳の孫たちには、私の歩みはとても覚束なく見えているのかもしれません。

ホノルル留学中、パソコンが不調になり、それをリュックに入れて修理屋さんへ向かった時、老いても「寄りかからず」を心がけるための自立トレーニングのような気がしました。日本にいる時には、ついつい子供たちをあてにして、すぐになおしてくれなければ文句を言った自分を反省したりもしました。64歳のホノルル留学は、私の心を大きくしてくれたかもしれません。

いくつになっても人は「もう少し大きくなろう」と心がけていれば、日々を面白く過ごせるのかもしれません。2歳の孫の可笑しいひと言を忘れないでいようと思います。

✻ 迷入
めいにゅう

　迷を含む2文字熟語には何があるかしらと思った時に浮かんだのは、迷信・迷路・迷走。「迷う」が気になったのには訳がありました。

　数日前に、目の中がゴロゴロする感じが辛くなり眼科へ行きました。まつげの生え際に、ずらりと並んでいるマイボーム線という涙の分泌に必要な小さな穴に、抜けたまつげが1本、迷って入ってしまった、と先生が説明をしながら簡単にピンセットで抜いてくれたからでした。ガーゼに乗せられたのは、まぎれもなくまつげでした。

　こういうハプニングは"迷入"と言い、割とよくあることなのですよ、と。続けて、先生が「これで二度目ですね」とクスクスと笑いました。

　そうなのです。以前にもハプニングがあったのです。朝、目が覚めると目の中がゴロゴロとして、目をすすいでも治らず眼科へ行って診てもらいました。その時は、前夜のパーティーの受付で、何年かぶりにアイシャドーを付けたのが原因。メイク落としでふき取ることなく、いつも通り洗顔フォームでざぶざぶと顔を洗って眠ったことがイケナカッタ。先生が取ったのは、アイシャドーのパールの小さな小さな粒！　私はビックリしてしまいました。それからは、もうアイシャドーを使うことはやめました。

数年前より、眼科から処方されているドライアイ専用の目薬も使っているし、目をあたためるホットアイマスクも愛用。長めの綿ソックスに玄米を2カップ位入れて上部で縛り、それを、電子レンジで30秒ほどあたためます。ホカホカになったそれを、ガーゼのハンカチを目に当てたその上に置くのです。玄米のふんわりとした甘い香りと優しい蒸気がなんとも心地よいのです。

　ホットアイマスクの作り方はネットでもいくつか載っていました。玄米のかわりに小豆も良いようですね。あたたかい蒸しタオルを目に当てるのと同じ効用でしょうか。ホノルルでならフェイシャルエステでしてもらうと気持ちよいですね。

　その日、タイトルが"目を温める治療法"という先生の眼科通信を頂戴しました。加齢に伴いマイボーム線は詰まりやすくなる。それは分泌される涙の中の油分性質が変わりサラサラだったものが粘っこくなりマイボーム線の中で固まり、涙の減少が原因でドライアイに。固まりを眼科で除去処置する他に、40℃位でまぶたをあたため10分位続けると硬くなった油が溶けます。と記されていました。

　涙も出ない目にならないように、時おりはあたたかくして労わり、長く大事に使いたい私の目。瞑想にふけり迷走などしないように、ボケにも気をつけなければ……。

✳ モアイ、『誰かのために』沈黙する石

　イースター島10日間の旅に、スペイン語通訳をしている知人女性の誘いで出かけてきました。日本からは乗り継ぎで片道約28時

間のフライト。周囲が58キロ程の島中に900体ほどのモアイ像が発見されているそうです。何トンものモアイが石切り場からどのようにして運ばれたのかはいまなお深い謎。高さは3.5m、重量20トン程度のものが多いですが最大級のものは20m（ビルならば7階位の高さ）、重量は90トンに達するという。

　モアイは作られた時点で自ら歩いたのではないだろうかという説もあるとか……。ご先祖様を祭るために作られたであろうモアイを、島の人は「誰かのために」祈ってくれているという。民芸品店で売られている小さなレプリカのモアイたちは、「お守り」のよう。

　島に残されているロンゴロンゴという文字にも私は魅かれました。でも、いまはロンゴロンゴを紐解く人がいないというのは残念なこと。石に彫られた小さなロンゴロンゴのレプレカを買ってきてリビングの棚に飾ってみると、石が何かを語り始めてくるような気がします。2週間にひとつのペースで地球上から少数言語が消えているという現実を雑誌ナショナルジオグラフィックで目にして淋しい思いもします。

　イースター島の美しいビーチの白い砂に、ガイドのクリスさんが描いた文字の意味を聞くと、雨・太陽・虹と教えてくれました。クリスさんは、アメリカ・バージニア州でITの仕事についていましたが、この島に来て島の女性と恋に落ち結婚をして、2人の子供を持ち考古学を研究しながらガイドをしているという。

　民宿に訪ねてきてくれた50代の日本人男性ガイドは、6歳の時にカレンダーでモアイを見て、大人になったらこのモアイの傍で暮らそうと心に決めたそうです。彼の所には、日本からテレビ番組の取材班が来たとか！　島ではインターネットが繋がらなくなる事や停電もしばしば。そのためか、お洒落なロウソク立てがい

たるところに置かれてありました。ミステリアスなロマンは男心を揺さぶり、そして、島の女性の大らかな笑顔と自然の豊かさが心を癒してくれる謎深き南太平洋の孤島。ロンゴロンゴのデザインを用いてアクセサリーを作ってみたい、「誰かのために」。レプリカのモアイに願ってみよう……。

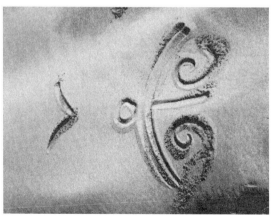

第五章
2018年（68歳）

＊ 『春を待つ 事のはじめや 酉の市』

　酉の市は、正月準備のはじまりを告げる風物詩。来る年に思い
を馳せながら、楽しむ11月の行事。

　江戸時代から続く秋の収穫を祝う行事が、その後、開運招福、商
売繁盛を願う正月を迎える為の最初の祭りとして定着したそうで
す。「春を待つ 事のはじめや 酉の市」は、松尾芭蕉の弟子である
宝井其角の句。

　酉の市での名物は、縁起熊手。金銀財宝の祈願お札を詰め込ん
だ熊手で、運を「かっ込む」、福を「はき込む」といって開運招
福・商売繁盛を願う洒落の利いた縁起物。浅草酉の市では、江戸
時代から開運招福お守りとして、たわわに実る稲穂を付けた小さ
な竹の熊手「かっこめ熊手守り」があります。このお守りは、い
まも酉の市で、酉の寺や神社から授与されます。私のお目当ても
これです。

　神社では12年に一度酉歳の時に幟旗を新調。その幟旗をお守り
として奉製したものが『勝幟守』と呼ばれるお守り。2017年は酉
年でしたので、このお札を新調する列に私も並びました。

　12年前は55歳。まだまだ人生これからと思っていました。でも、
67歳となり、12年後は79歳。人生百年時代、80歳はまだ若いと最
近は言われています。でも元来丈夫ではない私。この先の12年は
保証されていません。しかし「用心が肝心」をモットーに長生き
するかもしれない。

　1年に一度の酉の市では、熊手を買う時に響き渡る掛け声が気持

ちを弾ませてくれます。家内安全・商売繁盛を願って、「よお〜〜
〜、繁盛繁盛繁盛」と熊手屋さんが、お買い上げのお客さんへ、威
勢の良い掛け声で手締めをします。周りにいる人々も、皆で手を
打つ。その活気の良い空気を体中に吸い込むのがなんとも気持ち
良い。2歳10ヵ月の孫の女の子も「ハンジョウ・ハンジョウ・ハ
ンジョウ」を初体験して、すっかり気に入った様子。「かわいい
ね」と声をかけられると「ハンジョウ」の掛け声でお返しを。周
りが笑うと彼女はいい気分になる様で、さらに大きな声で「ハン
ジョウ」を繰り返していました。幼子の声は、縁起熊手のよう……。

（かっこめ熊手お守り）

✳ めでたき襲名舞台

　娘と一緒に、頂き物のチケットで歌舞伎を観て来ました。2018
年歌舞伎座開場130年の年頭慶事の襲名舞台。
　江戸歌舞伎からの名門・高麗屋（こうらいや）（松本幸四郎家の屋号）の三代
同時襲名。松本幸四郎（75歳）が「二代目松本白鸚（はくおう）」を、長男の
市川染五郎（44歳）が「十代目松本幸四郎」、染五郎の長男松本金
太郎（12歳）が「八代目市川染五郎」に。高麗屋の3代同時襲名は

1981年以来、37年ぶり。400年を超える歌舞伎の歴史でも直系の親・子・孫の同時襲名は、稀な祝い事とか。

　初代白鸚（8代目幸四郎）は1981年10、11月の襲名披露興行の1ヵ月余り後、病の為71歳で亡くなった。2代目白鸚は今回の襲名にあたり「亡き父の思いやり、心遣いのようなものを感じる」とも述べている、とネットのニュースで知りました。

　二代目白鸚は75歳、私はいま68歳。私が20代の頃、市川染五郎としてテレビでも役者として活躍し、現在の奥様となる女性との結婚も話題となっていました。ミュージカル「ラマンチャの男」をニューヨークで、「王様と私」をロンドンで、それぞれの主役を英語でこなし女性たち憧れのスターの一人だったかと思います。

　今回松本白鸚となった方の句集を数年前に買いました。本の題名は「仙翁花」、名の由来は、花の形が高麗屋の紋に似ている故にとのこと。

「避暑地からなつかしく子に文書けり」
「籐椅子に妻まどろむでゐたりけり」
「母の背に冬あたたかき日のさせり」
「ぼたん雪降るを眺める隆子かわいい」
「初舞台浴衣姿の金太郎」

　句集の最後に、「播磨屋の祖父は句作をよくし、高浜虚子門下の端正な句を得意としていた。実は、僕を俳句の世界に誘ってくれたのは、他ならぬ祖父のこの句だった」と。

　　　　　———雪の日や雪のせりふを口ずさむ———

「父を看取った翌朝のこと。大阪で襲名興行を勤めていた僕は、朝一番の飛行機で大阪に向かっていた。窓の外をぼんやり眺めてい

ると、一面の雲海に雪をいただいた富士山が見えた。（中略）まるで父が別れを告げに来てくれたように思え、不意に、祖父のこの句が胸に浮かんだ。（中略）親が死のうが、舞台に立っているのが役者だと・・・。実はその時、僕は大阪の舞台で毎日雪のせりふを言っていたのだ。

俳句は一瞬の煌めきに似ている。ひょっとしたら俳句は、神からの短い『言葉の贈り物』なのかもしれない」

芸を息子へ孫へと伝えていくことは、たゆまぬ努力で幾重もの困難を克復された賜物。

歌舞伎が日本文化のひとつとして末永く繁栄されることを心から祈った「めでたき襲名舞台」でした。

＊お土産に、食品サンプルが大人気！？

日本はインバウンド（外国人の訪日旅行）の時代に向かってきているようで、日本全国でスマホ片手に観光をする外国人が増えています。

2020年の東京オリンピック・パラリンピック開催を目標に東京の街はあちこちで工事中。日比谷にも TOKYO MIDTOWN HIBIYA という新しい街が誕生。

先日帝国ホテルへ行く用事があり、地下鉄の日比谷駅で降りホテル方面への出口を探していたら、いきなり眩いばかりのお洒落な地下街が目の前に現れました。大きなガラスドアの前に立っていた警備員にたずねましたら、「自分はビルの警備員なので地下鉄の駅の出口は詳しくは分からない」という返事にさらにビックリ。「どこへ行きたいのですか」と聞かれ「帝国ホテル」と答えると、「では、ドアの向こうに見えるエレベーターに乗り、地上へ出て

左がすぐ帝国ホテルになります」と教えられ、地上に出るとすぐホテルでした。

　巨大化していく東京。渋谷も新宿もまだ工事中です。たまに行くと迷路だらけになっていると感じます。住んでいる者でさえ混乱してしまうのですから、久々に日本へ帰国される方は、東京で迷子にならないように、十分お気をつけください。と伝えたくなります。

　昨日タクシーに乗ることがあり、窓の下部に貼られたシールを初めて見ました。Free telephone interpretation services are available（無料の電話通訳サービスが利用可能）。12カ国の国旗付き。運転手さんに、「この通訳サービスを使ったことがありますか」と聞くと、「先日谷中と言われて、見せられたスマホの画面はどう見ても渋谷なので、その通訳を使いました。そうしたら、客の行きたい所はやはり渋谷。料金も所要時間も通訳の助けを借りて納得して乗ってもらい、無事目的地に着きました」とのこと。

　ちょうど浅草のカッパ橋道具街という大通りを走っていて、両側の商店には、観光客らしき外国人で賑わっていました。運転手さんが、「お客さん、ここは食器や台所用品をいろいろ扱っている街ですが、外国人が一番たくさん買って行くお土産は食品サンプルなんですよ」と教えてくれました。間違って口に持って行きそうになるような精巧な作りの食品サンプルは、日本の技、日本の文化のひとつなのだとか。

「人気は中トロの鮨。ひとつ400円するそうですが、皆さん何個も買っていくそうですよ」と、運転手さん。「400円も出すなら、自分だったら本物を食べたいな～」と呟いた私。

＊69歳と70歳では、大違い！

　上海への4日間の旅へ友人たちと出かける予定を立てました。

　その友人たちとは、去年・一昨年と伊豆七島の神津島・新島での10キロウォーキングへ行きました。伊豆七島の島々への船は、旅客定員が816名、通常は東京〜大島〜神津島航路に就航、夏季の東京湾納涼船としても活躍している"さるびあ丸"。伊豆諸島ウォーキングでは、参加費が6千円、島への船賃が6千円少々、宿泊代が数千円、2泊3日で合計2万円位でした。

　夜の間に東京から島々へ向かうさるびあ丸は、寝袋ひとつ分ほどのスペースが寝床。貸し毛布は数百円でした。東京の竹芝桟橋を出ると朝には伊豆諸島へ、帰りは朝に島を出ると夕方には東京へ到着。帰路は寝床スペースではなくリクライニングの椅子。楽しい船旅の思い出になりました。

　そして、今年は上海へのクルーズにしましょうとのお誘いが。出発は11月。格安ツアーなので、申し込みが殺到すると思われる為、先日、早々に友人が旅行会社で申し込みを完了。私の所にも旅行申込書と海外旅行保険申込書が封書で届きました。旅のテーマは

「アジアの海でイタリアの休日4日間」、44,800円なり。

　"エレガントなイタリア船籍大型客船ＭＳＣスプレンディダでの4泊クルーズ体験＆上海では充実の観光と名物料理の食事を満喫！"とパンフレットに記されていました。旅客定員数は4363名。旅は、出かける前からパンフレットを見ながら見知らぬ地に思いを馳せて楽しめるのも嬉しいものです。

　楽しみが減ってくる年配者にとっては、大いに自分自身の活性化になると思いながら、申込書の2枚目の海外旅行保険申込書に目をやりビックリ。死亡保険金が69歳は3千万円、ところが70歳になると500万円。69歳と70歳で命の値段がこんなにも違うとは？！60歳代は現役世代と見られているからでしょうか？　70歳代になると、ぐっと死亡リスクが高くなるからでしょうか？　空港で時間のある時に、海外旅行保険を掛けたことは何度かあったのに、69歳と70歳の違いに初めて気が付いて驚きました。

　旅は休息ができて充電もできる極上の非日常時間。64歳からのハワイ留学は旅というよりはロングステイで、プルメリアの香りが懐かしい癒しの時でした。しびれていた左腕がすっかり良くなり元気になれたことには、いまも、とても感謝しています。

　70歳になるまで、あと1年数ヵ月。69歳と70歳の死亡保険金の差を知ったとしても、ワクワクした気持ちで非日常に身を置けるありがたき至福の時間を、元気に楽しみたいと思っています。

＊そよ風はエーゲ海から

　4月初旬に、思いもかけないメールが届きました。ニューヨーク滞在中のＫさんからの超ラッキーな旅のお誘い。

「6月23日から6月29日迄のギリシャ旅行。ニューヨークの著名な

室内合奏団をギリシャの隠れたリゾートで遺跡を巡りながら観賞するという企画。日本から広報可能な8名参加で、主催者からのご招待、と。ギリシャといえば、エーゲ海をまずはイメージしてしまいますが、中央ギリシャのペリオン半島はギリシャ神話の舞台で、オリンポスの神々が選んだ避暑地とも……。樹齢何百年の木々の豊かな自然に包まれ歴史を感じさせてくれる小さな町が点在する地域。訪問予定地はテッサリア地域のペリオン半島のお洒落なブティックホテル。近辺にはボロス・メテオラなど素晴らしい遺跡のある街がたくさん。そして、美しいビーチも。欧米の著名な雑誌では取り上げられていますが、日本ではまだほとんど知られていません」とのお話。

　日本旅行作家協会の女子旅仲間8人は、勿論、皆感激の大喜び！！！　成田発イスタンブール経由でギリシャのテサロニキ空港へ、迎車にてペリオンに向かいました。

　室内楽の素敵なコンサートは、趣きあるいろいろな場所で行われました。古い教会や劇場、ホテルのホールやレストランなどで。昼間には、街や村を巡りました。19世紀の建築の民家や内部がフレスコ画で埋め尽くされた教会、紀元前に作られた黄金のネックレスの現代的なデザインの魅力に魅了された博物館、ヨーロッパの中世を思わせてくれる石造りの階段式屋外劇場なども見学しました。この劇場の傍にはバラ園があり、魅惑的なバラの香りが漂っていました。

　ペリオンで滞在しましたホテル デスポティコ (Hotel Despotiko)のテラスから見える石畳の古くて美しい町並みとエーゲ海は絶景でした。同室のＹ子ちゃんがジュディ・オングの"魅せられて"を、「Wind is blowing from the Aegean 女は海～あああ～」と。

その歌声はエーゲ海からのそよ風にぴったりでした。"地中海の食事"としてユネスコの無形文化遺産に登録されているギリシャ料理、目の前で聴くクラッシック音楽の音色は、大人時間の素敵な旅の思い出になるはず。帰国前夜の6月28日はピンク色にも見える満月。"ストロベリームーン"と呼ばれるその月は、ネイティブアメリカンがつけた"6月の満月"の俗称。アメリカでは6月はいちごの収穫時期で、月が赤みを帯びることからそう名づけられたようです。ヨーロッパでは"ローズムーン"とも。"この月を見ると幸運に恵まれる"との言われとか。

（ストロベリームーン）（ホテルでの室内楽コンサート）

＊ときめく瞬間、綺麗が生まれる

「喜寿のお祝いに、変身写真を撮ってもらったの」と友達が、オードリー・ヘプバーンのそっくりさんへと変身した写真を見せてくれました。その変身ぶりたるもの、お見事！　と絶句しました。彼女は、お気に入りのヘプバーンの写真を1枚持って、フォトスタジオへ注文。そして、素晴らしい「奇跡の1枚」ができたというのです。

小さな子供たちが、百日や七五三のお祝いで着物やはかま姿になったりして記念撮影をしてもらう写真スタジオがいろいろなところにあります。しかし、いまや、少子高齢化が進む日本で、高齢者を喜ばせ元気にできるビジネスは、大きな需要を生み出していきそうな動きも現れてきています。

　メイク＆フォトスタジオのXは、女性なら誰しも持つ「変身願望」「綺麗に撮られたい願望」を叶え、プロのヘアメイクとカメラマンにより、「奇跡の1枚」をプロデュースしてもらえる大人の女性が楽しむアミューズメント。代表取締役の女性は1959年生まれの56歳。記念日の自分へのプレゼントに、「還暦の60歳、古希の70歳、喜寿の77歳、傘寿の80歳、米寿の88歳を迎えるご褒美など」に最適とか！　私の友達は、喜寿のお祝いに撮ってもらったこのオードリー・ヘプバーンになりきっている写真をとても気に入っています。

（後の2枚が、喜寿の彼女）

そして、遺影用にすると張り切っているのです。さぞかし、彼女の葬儀に参列される皆さまは、その素敵な笑顔に、彼女らしさを偲ばれることでしょう！

　ご主人を若くして亡くされ、2人の息子さんを育て上げてからの65歳で上京しホームヘルパー2級の資格を取り、70歳にはホノルルマラソンへ出て、77歳のいまも現役で働きながら、趣味のかっぽれ踊りと毎月10キロ歩くウォーキングサークルにも参

加している彼女の元気さには感服してしまいます。

　上海・台湾・ベトナムにも面白そうな写真館があるそうですが、アメリカにはどんなスタイルの変身写真館があるのでしょうか。オードリー・ヘプバーンによく似せた私の友達の変身写真は、彼女の白髪が黒髪のウイッグになっていても、よく見ると目元口元は彼女そのもの。それにしても、とても77歳には見えません！

✳︎宇宙貯金

　"不可能なことなどないわ。Impossible（不可能）という単語自体に、I'm possible（私にはできる）と書いてあるのだから"という名言を残したのはオードリー・ヘプバーン。バレリーナを目指してレッスンに励んでいた時に、"一生懸命にやれば必ず上手く行き、すべては内面からほとばしるものでなければならないということ"を彼女は学んだそうです。その精神は彼女の生涯にわたって貫かれ、晩年慈善事業へも心を注いだという話も有名になりました。

　ボランティアに無償の生きがいを見いだす方々が、最近は日本でも増えているようです。夏休みの頃に、2歳の坊やが都心から田舎の祖父母の家へ避暑に来ていて、二昼夜も山中で行方不明になりました。その時に居ても立ってもいられずに他県から駆けつけた78歳のベテランボランティアの男性が、山へ向かい20分で坊やを発見し一躍、時の人となりました。その方は2年前、2歳の女児が山中で発見された時にも立ち会っていたので、その時の経験と直感で、小児は山の上へ上へと上っていく習性があると確信していたというのです。坊や救出の後すぐに次のボランティアの場所

へ。さっそうとしたその後ろ姿に感動を覚えました。

「無償の奉仕を宇宙貯金と言うのよ。そうした預金を積んでおくと必ず思わぬ良い事に出合えるの」と友人がいつか言っていました。

　私は、この夏フェルトサークルのメンバー15人分の防水エプロンを無償で制作しました。私の防水傘の生地で作ったエプロンを「いいわね〜」と言ってくださった方に、「こんなものでよければ、次の時までに作ってきます」と軽い気持ちで答えたいきさつがありました。彼女には何度か車で送って頂いたことがあり、お礼代わりに作らせてもらいたいと思ったのです。でも、他の方の分は作らないのはいかがなものかしらと感じて、結局全員分を作ろうと思ったのです。

　15人分の傘生地のレイアウトは、意外に頭を悩ませるものでした。各々ポケットの色は変えてわかり易くしても、統一性は必要不可欠。格安傘生地探しも難航。

　ミシンが下手な私は、端がギザギザになるピンキングハサミを使用。手抜きだらけ。それでも15枚がなんとかできました。正直大変でしたが完成すると嬉しくなりました。

　傘生地を使ったリバーシブルな袋物のデザインを想像するとウキウキしてきました。思いもつかなかった発想まで私に与えてくれました15枚のエプロン作りのボランティア。これは私の宇宙貯金だったかしら、と思ったのでした。

＊ご存じですか？ヘルプマーク

　数日前の夕方、私は旅先からの戻りで、荷物も重く、バスでや

っと席に座れてホッとしました。でも、私の前に立っている女性も大きな買い物袋を下げた白髪交じり。おまけに女性のバッグには、赤地に白のクロスとハートマークが付いたヘルプマークが下がっていました。

　私は、彼女に自分の席をゆずりました。彼女は、「ありがとうございます」と何度も繰り返しながら、目を潤ませました。私も彼女のその表情を見て、胸が熱くなってくる思いがしました。周りの座席に座っている方たちはスマホに夢中の様子。電車でもバスでも席に座ると大方がスマホだけを見ている昨今。周りへの無関心さが蔓延している世の中。人間のハートをどこかに置き忘れてしまった人ばかりが増殖してきたかのよう……。スマホだけを見ている方たちが電車の中でずらりと並んでいる様子は、まるでSF映画みたいな不気味な怖さを感じます。

　ヘルプマークについては、東京の地下鉄の構内などにポスターが張られています。ポスターには、「外見から分からなくても援助や配慮を必要としている方々のマークです。ヘルプマークを身に着けた方を見かけた場合は、電車・バス内で席をゆずる、困っているようであれば声をかける等、思いやりのある行動をお願いします」と記されてあります。

　東京都が2012年に作成し導入を始め、全国に広がってきているようです。

　ポスターは、皆の目にも留まっているはず。でも、そのポスターの説明を読む人々は少数なのでしょうか。

　自宅マンションに着きましたら、見知らぬ同年輩の女性から、

「さっきは、驚きました。席をゆずられているのを見て、随分ご親切な方がいるものだと感心しました」と入り口のロビーで声をかけられました。「あの方は、ヘルプマークを着けていられたので、私もおばあさんですけど、心臓でも悪いのかもしれないと思いまして」と答えました。

　娘が妊娠中に「赤ちゃんがいます」のピンクのマタニティーマークを着けていても、電車で誰も席をゆずってくれないのを残念に思ったことがありました。

　ヘルプマークやマタニティーマークの方への気配りが当たり前の社会になって欲しいものです。

＊ネンネンコロリ

　テレビ放送のタイトルが、「健康長寿の秘策をAIに聞いたら、え！？運動食事より○○、子供と同居は要注意！？」という番組がありました。私は○○が気になり、その番組を見ました。

　いままで、健康長寿といえば適度な運動と健康に良い食事が話題の主役でした。AI（人工知能）の回答の○○は、なんと"読書"。読書をすると、興味を持つ事に出合うチャンスがあるからだそうです。好奇心は、行動の源。ただ歩くだけではなく、ワクワクし

ながら歩くことが脳への良い刺激になるようです。

　読書といっても範囲は広いのです。ご安心ください、小説だけが読書ではないのです。旅の本でも良く、料理本でも、どんなジャンルでもOK。ひとつの事に興味を持つという"好奇心"が、行動のきっかけになり脳と身体の活性化にも繋がるという結果をAIは出したのです。

　子供と同居は要注意！　には、息子家族と生活を共にすることになれば自然と他人であるお嫁さんに気を使う。気疲れがストレスとして頭と体への負荷になるそうです。ストレスを抱える暮らしをするよりは、一人で自由気ままに暮らしている方が良い、と、AIは判断したのです。なるほど、元気なうちは一人が良いのかも、と私もAIの回答に頷いてしまいました。

　上野駅新幹線改札の近くにある、小さな本屋さんに気持ちが引き寄せられました。それは、番組を見てから数日後のこと、長野へ出かける時でした。私の目に飛び込んで来ました一冊の本のタイトルは、「心に折り合いをつけてうまいことやる習慣」中村恒子・89歳の現役精神科医／奥田弘美医師共著。本の帯には、"幸せかどうかなんて、気にしなくてええんです。仕事が好きでなくても、立派な目標がなくてもいい。肩の荷を下ろすと、ほんとうの自分が見えてくる"と記されてありました。早速買いました。読後に、肩の力が抜けて心が軽くなった気がしました。

　ピンピンコロリとは、「病気に苦しむことなく、元気に長生きし、最後は寝付かずにコロリと死ぬこと」という標語。略してPPK。1983年、日本体育学会にて「ピンピンコロリ（PPK）運動について」とし発表され、誰もが知る言葉として広まったとか。対義語

は、寝たきりで長く生きるという、ネンネンコロリ。略はNNK。私
は、ネンネンコロリという言葉は知りませんでした。思わず、"ね
んねんころりよおころりよぼうやは良い子だねんねしな"という
子守歌を思い出して、可笑しくなってしまいました。ピンピンコ
ロリ希望でしたが、あの子守歌のように誰かに見守られながらに
穏やかな眠りにつくのもいいな〜、と思いました。

＊平成最後の福袋

　平成は平成31年（2019年）4月30日まで。平成天皇陛下がご退
位され皇太子殿下が新天皇陛下に即位されることにより5月1日か
ら新元号の予定と公表されています。

　先月の11月には、平成最後の福袋が話題になっていました。

　福袋は日本独特の文化。江戸時代の呉服屋さんが、いろいろな布
を袋につめて売ったのが始まり。近代では明治40年（1907年）にM
デパートの前身の鶴屋呉服店が年始に福袋として販売を始めたこと
から年始めのお楽しみの光景になったそうです。Appleは、日本特
有の福袋を2004年のお正月に初めてAppleStore銀座店が販売をス
タート。「Lucky Bag」として大人気で続いているようです。

　この度は、超リッチから変わり種まで各店のユニーク福袋がニ
ュースになっていました。

＊アッシー・メッシー・ミツグくん福袋までも！
「アッシー（運転手）」「メッシー（食事をごちそうしてくれる
人）」「ミツグくん（ブランド品などを貢いでくれる人）」の平成の
流行語3語にちなんだ"バブル期デートの再現"福袋。リムジンで
ドライブ、高級フレンチで食事、ダイヤモンドの指輪プレゼント

というバブリーな内容。限定1組、54万円で売り出されるそうです。

　2019年にちなんでは、

＊「史上初の豪華旅行！ホンダジェットで行くあなただけの最高の旅」1組2名様税込2,019万円

＊「目指そう未来の"さくらジャパン"女子日本代表選手が教えるグランドホッケー教室」1チーム20名様税込20,190円

「人生100年時代を生きる睡眠負債もこれでさらば！ぐっすり快眠福袋」10名様税込20万1,900円（抽選販売）等と。

　情報化・透明化へのニーズに合わせた形で、平成に入り中身が見える福袋が生まれてきたそうです。"ポスト平成"に向け「時代に合った福袋をこれからも提供し続けたい」とデパートの販売担当者は語っていました。

　平成最後の中味が分かる福袋に、私も欲しくなるモノがありました。それは、年明けお届けのフランスボルドーダブル金賞受賞赤ワイン8本セットの福袋で税込5,400円。でも、残念なことに11月の検査で脂質異常症と告げられました私は、只今禁酒中。飲酒をすると食欲が増してカロリーオーバーになるのでNGというのが、お医者様の説明でした。平成最後の福袋の赤ワインは諦めます。でも、新元号の初福袋発売の時までには、美味しいワインを幸福感に浸りつつ飲めますように、健康食と運動に精進して良き年を迎えたいと、願っております。

第六章
2019年（69歳）

✱招き猫貯金箱のご縁

　昨年秋に、信州の千曲市へ行った折に立ち寄った"貯金箱の博物館"で、招き猫を買いました。そこは、個人の50年にわたるコレクションでつくられた貯金箱博物館。時代の変遷を感じさせてくれるバラエティーに富んだモノがあり昔が懐かしくなりました。

　入り口近くにありました小さなショップの片隅で、私は、シルバーの、両手を上げた招き猫に目が留まりました。友人が、「両手を上げると万歳、お手上げと言う意味で、縁起が悪いのよ」と。そのためなのか特価の5百円。傍にいました別の友は、「5百円玉だけを入れると何年か経つと結構な金額になり旅行もできる位貯まるはずよ。ほら、5百円玉貯金って流行ったじゃない！」と言いました。

　初耳でした、5百円玉貯金！　5百円玉は1982年4月に5百円紙幣に代わり登場。2000年8月にデザインと材質が変更されたそうです。

　私が特価の5百円で買い求めました陶器製シルバーの招き猫。残りものに福ありと言われますが、この招き猫がそうかもしれません。気付くと5百円玉をお釣りでもらえるように買い物をする癖がつき始めた近頃の私。招き猫の中に5百円玉がいっぱいになる時には、何〇万円になるでしょうか？　楽しみです。招き猫貯金箱のご縁で、私は思いがけない夢をみられることになりました。

　右手を高く上げればお金を招き、左手を高く上げていれば人を招くとか。しかし、この猫は、両手を上げてはいますが右手も耳よりは高くなく、左手は耳よりさらに下です。万歳式両手上げではない控えめさが私にはかわいらしく思えます。

英語圏では貯金箱のことをPiggy bankと呼ばれるそうです。理由は、幸運の象徴で、縁起が良い！　豚は一度に10匹前後もの子供を生む多産の動物で「数が増える」ということから末広がりや発展のシンボルとして貯金箱の姿と言われているのだ、ということもそこで初めて知りました。

＊キリンの夢

　夢でキリンが出てきた時の深層心理は、ネット情報によりますと、運気上昇の意味。これから運気がどんどん上昇するので、自信を持っていまのまま仕事も恋愛もプライベートも頑張るようにしましょう。と言われているようです。

　また、キリンが出てくるけど悪い夢を見てしまった場合でも、キリンそのものが良い意味を持ちますので生活を改めたら運気が上昇するとか。

　女優の樹木希林（きききりん）さんが、2018年9月15日に亡くなりました。

　彼女の夫は内田裕也さん。ロック歌手。結婚してまもなく、夫が離婚を申し入れたが、希林さんが拒否。裁判所の判事が、こんなに夫が離婚したがっているのだから、離婚してあげたらいいのに、と言っても彼女は離婚することなく夫の自由奔放さを許しつつ、彼が問題を起こすたびに丸く治めたのは彼女だったそうです。

　6、7年前、ホノルルの友人の薦めでカハラホテルへ一人で一泊チャレンジをしました。「Welcome to KAHALA, Madame」と言ってタクシーのドアを開けてくれた白い制服姿のドアボーイさ

ん。"マダム"と丁寧に呼ばれてドキッとしました。

　ホテル内のショップ前の壁には、イギリスの王室やアメリカ大統領、日本の天皇陛下などのロイヤルファミリー、そしてハリウッドスターやミュージシャンなど、このホテルを訪れた世界中のセレブの写真やサインがずらりと飾られています。そしてその中に、私は別居結婚で有名な樹木希林さんと内田裕也さんのにこやかな表情の二人の写真を発見！

　芸名の樹木希林は、彼女が1977年に思いつき、テレビ番組でデビュー当時の「悠木千帆」をオークションにかけ、20,200円で売り「樹木希林」に改名。「木が集まって希なる林になる」と願ったのかもしれません。

　彼女が樹木希林を思いついた時、キリンの夢を見たのでしょうか？

　2018年、是枝裕和監督の『万引き家族』が第71回カンヌ国際映画祭で最高賞となるパルム・ドールを受賞しました。彼女は、その受賞作品の中でおばあさん役を演じるにあたって、監督に自ら入れ歯を外して老婆を演じますと告げたそうです。私の友人は、「いまどきはすべての歯をインプラントにできる時代なのに、彼女が総入れ歯にしていたのは、きっと誰にもできないような老婆の役を演じてみようという夢があったからよね、凄い女優さんだったわね」と言っていました。

　希林さんが、亡くなる数ヵ月前にトーク番組で、裕也さんが歌う「朝日のあたる家 The House of the Rising Sun」が好きだ、と語った笑顔が何ともいじらしく見えました。

＊情弱とも脆弱とも共に

あるとき、ウェブサイトの閲覧中に突然、【警告：セキュリティー上の脆弱性が検出。情報を盗む攻撃から保護するためのアプリが至急必要です。以下のアプリをインストールして下さい。】などの画面が現れて、もう、胸がドキドキ。子供たちに、そのメールを転送してしまいました。

ほどなくしてから、娘から電話が来て、「そんなのは、全部ジャンクメールよ。すぐ、ゴミ箱に入れて破棄してよね。こっちに転送なんかしないで！」と叱られました。

その話を、同じ年の友達に話すと、「私たちは、なんたって情弱だからね～」と言われました。

「情弱って、何？」と聞きましたら「知らなかったの？　通信情報を使いこなすことが苦手な人たちを指して情報弱者。略して情弱と呼ばれるそうよ」と教えられました。1949年（昭和24年）生まれの私たちは今年古希になります。いまでは70歳は希な年ではなくなってしまいましたが、それなりに、若者の話題には付いていけない年になっているのも事実です。私のスマホは、高齢者向けスマホなので、最新式アプリをダウンロードすると、他の使用に誤作動が発生してしまうのですぐに削除しました。

私のスマホは脆弱的？！　なおかつ使用する本人も最新アプリを使えずにギブアップしてしまう情弱者。

脆弱とは、もろさや弱点という意味。でも、最近は、コンピュータ分野で「脆弱性」といえば、コンピュータの頭脳であるソフトウェアが不具合やミスによって起こるセキュリティー上の危険な状態のこと。本来堅くあるべきものである「セキュリティー」

の「弱点」を指すようです。

　日本では、元号も「令和」となり、昭和は遠くなりにけりです。最近では、高齢者の認知症がテレビや雑誌の話題でも取り上げられる中で、脳は新しい事を学べば、また新しい枝葉が生まれてくるとも言われています。「情弱」「脆弱」とともにお付き合い。そして、興味の枝葉のアンテナを立てつつ学びたい事があればチャレンジするのも良いかもしれません。

　2014年、64歳の私はハワイマッサージアカデミーの学生でした。私より10歳年上でほぼ毎日夕方のジョギングは欠かさないという元気はつらつとした女性の校長先生から、「学びたいものがあれば、いつまでも人は元気で若々しくなれるものよ。80歳代のシニアハウスで過していた白人女性で『退屈になってきたから、ボランティアで友達にマッサージセラピーをしてあげたい』と言って入学して、ライセンスを取った方もいたのよ」と話してくれました。

　進化し続けるIT技術習得はそこそこでも、Slow livingを自分なりに楽しめれば、充分Wonderful lifeなのでは！

＊母の日のプレゼントの言葉は"夢中"

　母の日は世界各国にあり由来も様々。日本の母の日は1900年頃アメリカから伝わったとか。私も、娘から何度か感謝の言葉が書かれたメッセージカードをもらったことがあります。携帯電話が日々の生活にすっかり定着してからは、娘から届くのもメッセージスタンプに変わってきていました。が、今年2019年5月12日の日曜日には、「これからも元気にずっといろいろな創作に夢中でいてね！　おかあさんありがとう」と書かれたカードが小さなかりんとうの袋と一緒に付いてきました。

去年、私は7月に心筋梗塞でステントをひとつ心臓に入れる手術をして、ホッとしたのも束の間で、10月末に軽い脳梗塞で入院をしてしまいました。今年の誕生日で70歳。体のどこにガタが来ても当然の年齢。だから、今年は携帯のスタンプから格上げしてくれたのでしょうか！

　なかにし礼さんという著名な作曲家であり50歳を過ぎてから作家となった彼が、テレビで話していたことですが……、がんの告知を受け癌治療法のひとつの陽子線治療をしている期間でも、作家活動をしている瞬間は異次元で遊んでいるように夢中になれた。そんなふうに過ごしていたら、お医者様も驚くほどに癌が消えていたそうです。『夢中』には魔法が秘められているのでしょうか？「捨てられなかった、一枚」という題で気まぐれにパソコンに記していました日記の2013年分を久しぶりに読みなおしてみました。

　その日記には、"ゴールデンウイークに、私も断捨離を始めた。『これも捨てよう、あれも捨てよう』と、押し入れの中に溜め込んだ手紙の束やら年賀状の束やらの段ボールの中身を、ごっそり捨てた。目を留めると未練が残りそうで、半ば目をつぶって捨てた。その中から、娘からのメッセージカードが出て来た。『母へ雨にも負けず風にも負けず柳のように頑張ろう！　母の娘より』10年以上前のもの。母の日に、贈ってくれた娘のメッセージカード。『柳のように』の娘の大きな文字に、再び、涙がこぼれた。捨てられなかった1枚に、泣かされた母の日"と。懐かしく、また胸を熱くしました。

　2001年より東京大学医学部付属救急部・集中治療部部長を務めて、2016年退官をされた矢作直樹医師は「今という一瞬に、一生

の幸せがある」という本を上梓。彼は、その中で「中今」を説いています。「中今」とは、神道の根本的な考え方。"人間には、過去・現在・未来という時間軸が与えられている。「中今」は、過去と未来の真ん中、まさに現在、今のこと。今日という一日、今という一瞬に没頭して生きること。それこそが人間として美しい生き方であるという神道の説"

　私にも、悔いた過去があり、先を案じて心に不安を募らすことがあります。だからこそ、「今、夢中になれる事がある心穏やかな日々に感謝したい」そんな生き方が私のベストなのだと、娘は伝えたかったのでしょうか？

＊くちなしの白い花

　自宅マンションの入り口に、植木鉢が数個置かれてあります。先日、その傍を通る時に、フワーと甘い香りを感じました。緑の葉へ、ふと、目を向けるといくつもの白い花が咲いていました。数年前から暮らしているのに、今まで何故気が付かなかったのか不思議です。

　お恥ずかしいことに花の名前にとんと疎い私は、ちょうど近くにいた管理人さんに、その名前を聞きましたら、「くちなしですよ」と教えてくれました。

　"くちなしの花"という歌が流行った時代がありました。1974年昭和の時代、耐える女のいじらしさが歌詞に込められていました。いじらしい女のイメージが美徳のように思われていた昭和。2018年平成最後となった某生命保険会社主催の第32回サラリーマン川柳コンクールでは、「メルカリで妻が売るのは俺の物」が第3位。ネ

ットのオークションで夫の物を売ってしまう逞しい女がまかり通るようになった平成。令和となった今、どんな女性像が浮かんでくるのでしょうか。

くちなしは、「幸せを運ぶ」「清潔」「胸に秘めた愛」が花言葉にあります。集合住宅の入り口にふさわしいお花たち。

幸せにまつわるルソーの名言の、"人は、常に幸福を求めるが、常に幸福に気付かない。He always finds happiness, but a person doesn't always notice happily"は、まったくその通り。「幸せ」は、自分の心がそう感じた時に引き寄せられる、と気付くのは今年古希（70歳）になるからでしょうか？！

昨年、私が突然の病に直面したことは想定外でした。それでも、西洋医学と東洋医学にかかりながら回復しつつあります。元気という活力が無ければ、気力だけでは何も進展しないと心が沈むこともありました。

最近『70歳のたしなみ』坂東眞理子さん著の本を読み始めました。そこに同感できる言葉を見つけて、まるで、友達と会って「そうよね〜」と共感しあうような気持ちになりました。
「高齢期になると人はどれだけ健康に気をつけていても病気になることは避けられない。多くの人はそれを跳ね返して、元の状態に戻る力を持っている。それをレジリエンス（復元力）という。苦境を乗り越えたあとにもっと成長した人格になることもできる。AIがどれほど進歩しても、挫折や絶望から立ちなおる力は無い。健康第一を心がけるのは大切だが、『生老病死』という命の大原則を変えることはできない。老いや死と同じく病を受け入れ、病と共に生きる覚悟も必要である」という説に勇気付けられました。

老眼になったのは40代。耳が遠くなってきたのは60代。70歳・around seventy （アラウンド セブンティー）の今、香りをまだ楽しめることはありがたいです。くちなしの花言葉どおり、いま「私はしあわせ」。

＊3D4Sって？

　最近のテレビで知ったのですが、高血圧の人は会社でのストレスを家で発散する傾向が強くなり、心臓病や大動脈瘤に直結するケースもあり、とか。

　私の夫だった人も、解離性大動脈瘤で亡くなりました。記憶の中の夫はすぐキレる人で、「早くせーや」「モタモタするな」「うるさい、黙れ」と言う言葉が口ぐせでした。

　私は、反対に、「すみません」「ごめんなさい」が、口ぐせに。ある時、「お前が、すみませんと言うと、まるで、オレが悪いみたいでないか！！」と怒鳴られ、開いた口が塞がらないといいますか、あっけに取られてしまいました。

　いま私は、メールで返信文を書くときに、「申しわけありませんでした」をなるべく使わず、「返事をお待たせしてしまい恐縮ですとともに、お待ち頂けましたことに感謝申し上げます」など、末尾を詫びではなく、感謝に置き換えるように心がけています。

　ネガティブな言葉よりポジティブな言葉を使いたいと思っています。言霊には命が宿っているというのは、ほんとうのような気がするからです。それは、過去の「すみません」「ごめんなさい」の日々への反省の賜物かもしれませんが……。

　友人から、暮らしのマナーの「3D4Sって、すぐ言える？」と聞

かれまして、「3Dはきっとネガティブワードね〜。"でも・だけ
ど・どうして"で、4Sはポジティブワードの"素敵・素晴らしい・
幸せ・親切"かしら？」と答えました。

　彼女の回答は、「3Dは当たり、でも、4Sは、残念ながら、外れ」。
「4Sは"整理・整頓・清掃・清潔"」の頭文字をとった活動のこと
との話でした。

　私は、耳が痛くなる思いがしました。ベランダの窓拭きも怠っ
ているし、台所の引き出しの中の整理を数ヵ月も怠ることも、冷
蔵庫の中も、6畳一間の自分の部屋の中も、と、反省ばかりが浮か
んできてしまう私の暮らしぶり。

　数日前に、これでは、まずい！　と思いなおして、ベランダの
窓拭きを頑張ってみました。すると、昨日の朝から肩と腰が痛く
てたまらなくなり、夕方に針灸治療に行きました。治療院の女性
の先生にその話をしたら、「あら、最近は、見せても大丈夫な場所
の清掃はプロにお願いされるシニアの女性が多いです」と。そう
か、あれもこれも自分でしようと思わなくて良いのか、と思いま
したら急に気が楽に。

　人手をお借りしてなら、私でも4Sが可能になるかも！　3D4Sの
標語をイラストにして、寝室の目に付く所に張っておこうかしら？

＊【人生百年時代到来】
・・・・・・・・・・・・・・・・・・・・・・・・・・・・・・・・

『ライフ・シフト』[Lynda G ratton ロンドン・ビジネススクール
教授。人材論、組織論の世界的権威／A ndrew S cott ロンド
ン・ビジネススクール経済学教授、全副学長。著／池上千秋(訳)]
という本が発表されてから、人生百年時代と多方面で言われていま
す。"人生100年時代"は流行語大賞2017年にノミネートされました。

日本語版の発売は2016年。私が、ホノルル留学をしました2014年の64歳の時には、健康寿命は80歳代が、世の中での話題だった気がします。この本が発売された2016年以来、急に人生百年時代と、にわかに騒がれ始めました。定年すら、75歳案が浮上しています。

　たった2年で、20年もの差異がある人生プランが現れるなどとは、思ってもみない事態！　という感じです。

「2007年に日本に生まれた子供の50％は107歳まで生きる」と『ライフ・シフト』では記されています。2007年1月24日が、私の初孫の誕生日です。2019年の今年、その孫は12歳。9歳位の時に、孫の風邪で病院へ行き孫と一緒に見た光景の中で、孫と交わした会話をふと思い出してしまいます。かなり年配の女性が車椅子でいらしていました。やせ細っていて髪は地肌が見える位薄くて白髪。車椅子を押している方は、若い看護師さん。

　孫は、「あんなになっても、生きていられるんだね〜」とつぶやきました。

「キーちゃん（私の呼び名）が、あの位のおばあちゃんになったら、キーちゃんの車椅子を押してくれる？」と聞くと、「いいよ」と答えてくれました。でも、ニコニコ顔ではなく、不安そうでした。私も、正直、かすかに自分の先行きに不安な気持ちを抱かずにはいられませんでした。

　医療の進歩と人間の寿命の追いかけっこの時代到来！　となった気がします。

　私は、昨年、心筋梗塞になり心臓の一部で血管が細くなった箇所にステントという細い金属を置く処置をハイブリット手術室で

受けました。このハイテク医療技術がなかったひと昔前なら、「苦しいよ〜」と言いながら逝っていたかもしれないです。これからは、ハードな仕事は控えておこうかしら、行動も幾分慎重を心得なければと感じたりもします。

　お医者様から、「年を取れば、誰でも圧迫骨折の跡やら脳梗塞の跡やらプラークやらが付いてくるものなのです。でも、良い薬も開発されているし手術方法も発達していますし、痛いときは無理をせず、気持ちが良くなれば体を動かせばいいのです」と諭されました。

『ライフ・シフト』という本の中で、「活力資産」には健康・友人・愛を挙げていました。友人と会う回数が減っても近くの自然を愛でるのも良いのでは……。夕暮れ時に美しい夕焼け空を見られると嬉しくなり、ただ今日一日ありがとうと呟きたくなる。人生百年時代の「円熟期」到来でしょうか！？

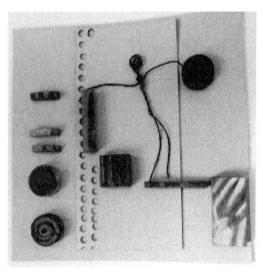

エピローグ

✳ 今という時を、大切に！

　願えば叶うことも人生には時には起こりうるもの……。

　シニアになってからのホノルル留学の実現では、若い時には苦にならなかった壁がいくつもありましたが、乗り越えられた事が自分への励ましになりました。

　私は、北海道生まれ。高校を卒業して進学で上京。23歳のお見合い結婚で故郷に定住。子供がいる東京の浅草へ熟年上京したのは54歳。

　まさか結婚生活が破綻になるとは若い時には、想像できない事でした。

　1年の半分が雪景色。しばれるという言葉がぴったりな身を切るような寒さに、耐えて迎える桜の季節は、ゴールデンウイークの頃。10月には冬の到来を告げる小さな白い雪虫が舞い始め、半年近くが真っ白な雪に包まれる無彩色の北の国での結婚生活は31年。

　離婚は、大病に匹敵する心の負傷。

　そう思ったのは、離婚して数年後に鬱症状が悪化して精神病院の閉鎖病棟に入院した時の経験からでした。買い物へ自転車で出かけて、戻ろうとすると自分の置いた自転車の場所がまったく分からなく頭が混乱。自分は若年性認知症になったのではと不安になり病院に行きました。脳の検査をしてもらい、先生から「鬱ですから、すぐに入院して治療をしましょう」と言われたのです。

　入院提出書類記載の折に、病歴記入箇所の下の段が離婚歴になっていましたのを見て、離婚は大病に匹敵する心の負傷なのだと

気付いたのです。

　しかし、どんな深い傷であろうと、徐々に傷が癒えてきたときに、周囲へのありがたさや・自分への許しや・小さな事への感謝や、幸せを感じられるようになってきたと思います。決して、不運を嘆き続けてばかりいてはいけない……。

　不甲斐ない私から去っていった人たちもいます。天然ボケの私を非難していた人たちもいました。出会うすべての人たちと円滑なお付き合いなど到底できなかった世渡り下手な上に頑強な体力もない自分。それでも、今、私は幸せです。誰も、"ねたまず・うらまず・うらやまず"、一日一日を平穏な心を持って無事に過ごせる事ができるのが、何よりありがたく嬉しい事です。

　老いの始まりかと、ハッとしたのは40代半ば。初めて老眼鏡をつくった時でした。次には、難聴。テレビの音が大きくてうるさいと、子供や孫に注意されたのは、50代後半でしょうか。忘れ物が頻繁になりました近頃。老化の進行でしょうか、私はもう70歳（古希）。人生百年時代なのですから、まだ、70と言うべきですね。80・90・100歳、さてさて、どんな風に私は生きていきましょうか？

　一年中をトロピカルカラーの中で過ごせる常夏のホノルル暮らしの64歳から65歳。青い空やふと現れる虹を仰ぎ見る感動の時間もまた、まさかの日々でした。ホノルルで学んできましたセラピーは、もっぱら、自分の手足に施しています。

　自身が起業しました零細会社は自分がいなくても、娘の連れ合いと娘と数人のパートさんたちで、維持されています。私は、留学か

らの帰国後には、自分の若いときにはできなかった憧れの革工芸やフェルト工芸や染色を習いつつ、会社の手伝いで時おり復帰。

　留学への面接の折には、東京オリンピック・パラリンピックで、ボランティアマッサージができましたら嬉しいです。と、アメリカ人面接官に伝えました。高齢でもビザ取得ができましたのは、面接での「おもてなし希望の回答」が鍵だったかもしれません。

　しかし、2018年7月に、心筋梗塞になりステントをひとつ心臓に入れました。10月には、軽い脳梗塞になり、いまは血液をサラサラにする薬を病院から処方されています。

　オリッピックボランティアの試験どころではない2018年となってしまいました。東京オリンピック・パラリンピックが開催されます時に、もし特設マッサージテントができて、ボランティアの募集があれば参加したいと思いつつ、我が健康を願いながら自分の手足で練習を続けています。

　留学中もゴム人形の顔を使ってフェイシャルエステの練習を一人でしていました。あの時間を、ふと思い出して可笑しくなってしまいます。

　自分の体の健康回復とセラピーの勉強が将来の自分のためになりますようにと念じてのホノルル留学の日々では、くじけそうになることも多々ありました。にもかかわらず、体も心も常夏のホノルルは徐々に私を癒してくれました。

　70歳になりたての私。無理は禁物！　用心に越したことはなし！と自愛をしつつ、革やフェルトやオリジナルに染色した糸など、色々な素材との巡り会いでモノづくりをしていくことを楽しんで

います。モノづくりを趣味としている友達が留学後の自由時間に通い始めましたアートクラスでできたことはとても嬉しいことでした。手づくりで革のバッグや布フェルトのスカーフが作れたことに感激しました。

　アートを通して知り合いになった友達とは、ピカソ・マティス・クレー・ミロ・イサムノグチ等々憧れの作家の作品話で盛り上がった時間も楽しく、そんな時にはみな年齢不詳モードとなり話に花が咲きました。

　友人たちの作品から感化を受けつつ、私もいろいろな素材を使ってミクストメディアなマグネットアート作りもしてみたいし、テキストを一冊作ってみたいとも夢見ています。子供も高齢者も百均グッズなどを応用して簡単に楽しく作れるユニークなオリジナルマグネットアートの制作方法を、見てすぐ分かる形の本として生み出したい、と。夢見ることが、私には、心のサプリメント。一度、すっかり会社の仕事から離れて新たな学びの時間をつくってみて、初めて有意義な自分の時間つくりをしようという気持ちになれました。

マグネットアート「眼鏡遊感」
2019年10月8日〜14日、東京都美術館・美術の祭典「東京展」への出品作品

マグネットアート「Showing」
2019年7月8日～13日、Y'sARTSにて(グループ展)

ネックレス兼スカーフ留め&ブローチ ByKinuko

　アラ古希（アラウンド70歳）の私は近頃感じる思いが有ります。
それは行動範囲が自然に狭くなって行くのが老いの形のひとつ、と
いうことです。

　しかし、狭くなっても楽しめるものを持っていたいです。それ
は、「ありがとう」とごく自然に周りへ伝えられる、柔らかな心か
もしれません……。

　心がなごむあたたかな記憶を思い出の引き出しに溜めて、脳裏
の中で楽しんでいたいです。

孫がドンドンいろいろなことを覚え始めて、行動範囲も広くなってくるのと反対に、私はできなくなることが少しずつ増えてきています。でも、許し受け止めたいです、そんな自分を。

　亡くなられた樹木希林さんが出演されていたフィルムメーカーのカラープリントのCMを思い出します。"美しい人はより美しく、そうでない方は、それなりに。"

　それなりに、で、じゅうぶん幸せです。私も！！！

＊サバティカルタイムとリトリート

　ホノルルでの一人暮らしの64歳から65歳にまたがった7ヵ月間。セラピーの勉強に励んだ日々。それは、充電と休養の時間の『人生のサバティカル留学』だったと言えると感じています。

　定年後、学生ビザでホノルル大学に通う奥様と、ホノルルでのアウトドアスポーツを楽しみながら滞在しているご主人のカップルの話も友人から聞いたことがありました。現役世代にはできなかった学びをどちらかがして、連れ合い様はテニスなど他の趣味をしつつ生活サポートをしているという話が、ごく自然に感じる人生のサバティカル留学に聞こえました。人生百年時代と言われる時代になったからこそ、定年後にもう一度のチャレンジも許されるのではないでしょうか……。

　定年後にお互いの生き方を応援できるカップルは素敵だなあ〜、と思います。

　知人の奥様は、東京から関西へ移動。工芸の勉強をするために1年間学校の傍にアパートを借りて、将来は手に職になるのではと思われる勉強に励まれていました。女性で60歳位となりますと日

本ではアパートを一人で借りることはかなり敬遠される様です。しかし、彼女の単身国内留学の夢が叶ったのは、ご主人の快諾と応援もおおいに後押しになっていたと思います。

　お2人の両親はまだお元気で介護の心配が無い、という状況も良かったのでしょう。そして何より、ずっと専業主婦として家庭を守ってきてくださった奥様へ、ご主人からのプレゼントの気持ちもあったかもしれません。

　奥様不在の1年の間にご主人も主夫業を経験できる貴重な時間を持てたのではないかと思います。

　人生のサバティカル留学は国内でも可能なことなのではないでしょうか。

　"サバティカルタイム"は欧米先進国で広がり始めた自己啓発や学びなおしの長期休暇制度の呼び方で、1ヵ月から1年位、職場から離れて自分の時間をつくるという習慣。名前の由来は旧約聖書の「サバティカス（安息日）」から。と、30年近く前にシアトルの日本語ラジオ放送局JENの社長のノリコ・パーマーさんから教えて頂いた言葉でした。その頃は、欧米の大学教授などがその休暇制度で海外に出て学びなおしをすることが多かったと聞きました。

　日本でも最近サバティカル休暇という制度を大企業や外資系企業で少しずつ取り入れ始められているようです。時には、自分のライフスタイルを変えることが抵抗無くできるような日本に、いつかなると良いなあと期待したいです。

　近年、リトリートという言葉も普及してきている、と友人から聞きました。リトリートメント（retreatment）という言葉が語

源で、日本語では転地療法、普段いる場所から物理的に距離をとることで疲れを癒す方法。特に温泉や森林浴は五感が心地よく刺激され、溜まったストレスを洗い流してくれる効果が注目されているようです。「日常生活から離れる時間を持つことで、心身をリセットして日常生活を新たに再スタートする為の合宿」というような意味合いとして捉えられているようです。

　私は、30年近く前のシアトル留学を終えて日本へ帰国してからしばらくして体調を崩しました折、淡路島にある"公的断食道場五色県民健康村健康道場"へ行きました。医学的サポートの元で断食療法が体験でき、3週間ほど滞在してゆったりと休養をしました。丹田呼吸法（丹田とはおへそその下約10cmの所にあります。丹田を意識しながら鼻から吸い込み、数秒止めた後、口からゆっくり息を吐き出すという呼吸法）や太極拳も経験でき、心身ともにとてもすっきりとすることができました。

　昨年は、友人と一緒に伊豆の断食道場へ行きました。1週間のコースで、友人は断食を経験して、私は、低カロリー食を体験しました。日中は近くの露天風呂へ行ったり、散策をしたりの時間で休息感を十分味わえました。

　淡路と伊豆の体験はリトリートだったと思います。リトリートは、誰かのサポートの元で用意された癒しのメニューを体験できるという点は、とても安心感があります。短期間でも体験できるという点もメリットだと思います。

✳ アローハへの留学

　2014年7月から2015年1月末までの7ヵ月のホノルル留学。

　帰国後、私は一般財団法人ロングステイ財団が「ロングステイエッセイ大賞」の作品を募集している事を知りました。募集テーマは、「海外・国内でロングステイ（長期滞在余暇）を通して体験した"ロングステイで学んだこと、知ったこと"」。私は、滞在中の日刊サンハワイのコラムには書かなかった出来事を綴って、自分の留学記念に応募しました。以下が「アローハへの留学」というタイトル名で応募しました作品です。（一部加筆修正しています）

　2014年7月1日の朝、私は大きなスーツケース3つとともに勇んでホノルル空港に着きました。64歳の留学の第一歩でした。まさか、そのスタートから大問題が起きるとは、思ってもいませんでした。

　入国審査の窓口で審査官から、入学許可書のI-20（アイ・トゥウェンティ）の書類の提示を求められました。

「I-20ヲ　ミセテクダサイ」

　と審査官に英語で問われ、バッグのポケットの全てとスーツケースの中も全部さぐったところで、私は顔面蒼白になりました。

「タイヘン、ワスレテ　キタヨウデス！」

「ワスレタ？！　シンジラレマセンネ！！」

入国審査官の女性はあきれ顔。私は別室送りになってしまいました。そこには、アジア人ばかり20人以上がいました。私は焦りながら、出迎えに来ているはずの日本人の知人にこの事態を知らせなければ、と携帯電話をかけました。が、かからない！

その部屋は携帯電話の電波が遮断されていたのでした。

忘れ物のI-20を取りにもう一度日本へ逆戻りしなければならないのか？　と長椅子で私への尋問の順番が来るのを待ちながら意気消沈。胸の動悸、に続いて冷や汗が出てきました。と、その時、恰幅の良い中年女性審査官が駆け寄って来ました。彼女は、顔色が失せてぐったりしている私を心配したようで、

「アマイモノヲタベテ　オミズヲノンデ　オチツイテ」

私の背中をさすり、ビスケットとコップ一杯のお水を私に差し出してくれました。続いて、

「アナタノ　リュウガクキボウノ　ガッコウヘ　デンワシマシタ。I-20ガ　ファックスデ　トドキシダイ　アナタハ　コノヘヤカラ　デラレマス」

と言ってくれたのです。

私は優しい入国審査官の女性に手を合わせました。

こうしてアメリカへの入国はなんとか叶いましたが、卒業までの途中帰国は不可（I-20を忘れたことで）。もし帰国をすると再入国は不可能になるだろう、との厳しい注意勧告を受け、神妙な気分で私のロングステイは始まったのでした。

プール・ジャグジー・フィットネス・洗濯機・乾燥機・コンビニもありのコンドミニアム住まい。日本からネット検索で決めた滞在場所。

安全なはずのコンドミニアム生活。でも、ヒヤリと感じること

が起きました。嵐がやってくるかもしれないとホノルルに警戒警報が出た時のこと。市バスは全部運休となり学校は休校。警告の紙がコンドミニアムのエレベーター脇に貼り出され、それには、嵐に備えて各自ペットボトルの水と食料を5日分、懐中電灯やトイレットペーパーの予備を用意するようにと指示がありビックリしました。

　嵐くらい、と甘く見ていた私。食糧はほとんど買い溜めしていなかったので、10階の私の部屋からコンビニのある6階へ下りようとしたら、もはや4機あるエレベーターはすべてストップ。警備員が非常階段のドアを開けて下りて行った様子なので続いて追いかけました。ところが6階に下りたものの、ドアが開かないのです。このままでは、私は一人、非常階段の薄暗くて狭い空間に閉じ込められてしまう。

　あわてて何度もドアを叩きました。その音に気付いた人がドアを開けてくれて、私は、あわやの危機から救われたのでした。何のための非常階段なの？！　と疑問に思いました。

　聞くところによると、非常階段のドアを開けるのには鍵が必要とか？！ このような厳重警備はホームレス対策らしい。常夏のハワイはホームレスにとっても天国なので、ホノルルには5千人近くのホームレスがいるとのこと。他にもびっくりしました事は、ホノルルで横断歩道以外での横断は130ドルの罰金、との話。

　習慣や法律も知り、用心が肝心と思いました。

　クラスメートは女性ばかり10人、香港やフィリピンや韓国がルーツのアメリカ人と日本人。それぞれが家族や彼氏や友達が現地におり、技術を学び資格を取るために来ている人たちなので、彼女たちと放課後にスクールライフを楽しむようなお付き合いはあ

まりできませんでした。それでも困っていた私にノートを貸して
くれたり、施術のモデルになってくれて私の不備な点を教えてく
れたり、年配の私を気にかけてなにかと助けてくれました。

　お客様役のクラスメートではなく本物のお客様が私の精一杯な
施術で気持ちよさそうに眠ってくださるのを見られました時には
とても嬉しかったです。

　お礼の言葉の上にチップまで頂き感極まりました。日本とのメ
ールや学校の勉強の資料を保存したりとすべての基本ツールとな
るノートパソコンの調子が悪くなり焦った事もありました。日本
にいる時には、息子たちがすぐになおしてくれたことを思い、日
頃いかに家族の世話になっていたかに、いまさらながら気付いた
私でした。パソコンの具合が悪くなるとリュックに入れて担ぎパ
ソコン修理店を訪ねもしました。こうして経過した数ヵ月、一人
でおうちご飯を楽しむこと、一人で行動することの経験はさらな
る老いに向けて『寄りかからず』のトレーニングと思えるように
なりました。

　2015年1月、私のマッサージセラピー学校への留学は7ヵ月で終
わりました。娘が妊娠して出産がせまり、手伝いの為に帰ること
に。

　ハワイ州のライセンス取得は諦めましたが、当初の滞在予定を
短縮しつつ卒業を果たすのに必要な実技単位を取得するためにイ
ンターンとして朝早くから遅くまで頑張って学校に通いました。そ
うして、なんとか卒業に必要な単位の全てを得て、卒業証書を手
にして帰国することができました。

　気がつくと、7ヵ月の留学が終わる頃には、私の不安の種でした

長く続いていた左腕の痛みとしびれは、どこへ行ってしまったのかしらと忘れてしまうほどに治っていました。常夏のアメリカハワイでの休息と新しく学んだマッサージのお蔭さまで、ああこれで心機一転、育婆(いくばあ)(孫育てに係る祖母)も大丈夫と思える程に元気になれました。

　青い空を眺めつつ道すがら漂(ただよ)ってくるプルメリアの甘い香りにうっとりしながら、通学で往復1時間ほど歩いたこと。サンライズを見つつ爽やかな運河沿いを散歩した朝の時間。静かにゆっくりとオレンジ色の夕陽が、海のかなたへ沈むのを、綺麗だな〜と思いながら眺めたサンセットタイム。ビーチで波の音を聞きながら昼寝をした長閑(のどか)な時間。たくさん見られた美しい七色の虹、などなどハワイのマナと呼ばれる霊的な生命力の恩恵にあずかった至福の時でした。

　ＡＬＯＨＡは、「こんにちは」「さよなら」「愛」などの意味。ALOとHAのふたつの言葉から構成されているそうで、ALOには「前面」「顔」、HAは「呼吸する」「生命の息吹」という意味もあるのだとか。

　アロハは、Hawaii State Constitutionハワイ州憲法第5条7項5にALOHA SPIRITの定義として、挨拶や別れの言葉以上の意味を持ち、心(mind:思考)と心(heart:気持ち)の調和を大切に他人に良い感情を与えるようにすることと書かれています。

"Akahai", meaning kindness to be expressed with tenderness
　アカハイ、優しさの気遣いから生まれる思いやりの心.
"Lokahi", meaning unity, to be expressed with harmony
　ロカヒ、歩み寄る気持ちから発生する団結と調和

"Oluolu", meaning agreeable, to be expressed with pleasant-ness

　オルオル、快い気持ちが集まって生まれる共感する喜び

"Haahaa", meaning humility, to be expressed with modesty

　ハアハア、人間味が現れるのは謙虚な気持ち

"Ahonui", meaning patience,　to be expressed with persever-ance.

　アホヌイ、根気強さの秘訣は忍耐と我慢

　この5つの頭文字を繋ぎ合わせると

　ＡＬＯＨＡ

　A ＝Akahai 思いやりの心

　L ＝Lokahi 団結と調和

　O ＝Oluolu 共感する喜び

　H ＝Haahaa 謙虚な気持ち

　A ＝Ahonui 忍耐と我慢

　と、なります……。

　アロハをホノルルで何度も耳にしつつ、アロハと自ら口にしている間に、新たな生命の息吹が自分の中にも生まれ、自然豊かな恵みの地ハワイから、"慈しみの愛"を受けることができた、と思えました。

・・・・・・・・・・・・・・・・・・・・・・・・・・・・・・・・・・・・・

・・・・・・・・・・・・・・・・・・・・・・・・・・・・・・・・・・・・・

「アローハへの留学」が佳作受賞となり、大感激でした。

受賞理由として頂きましたお言葉は、

・・・「心と体の癒し」を求めてハワイにロングステイをした作者が、ハワイでマッサージセラピーを学びながら経験したいくつかのエピソードが描かれた作品です。漫然と現地で暮らすのではなく、目的を持ったロングステイだからこそ現地のすばらしさが体験できる事を教えてくれます。・・・

でした。

　頂けましたお言葉に感謝し、老いへ向かうこれから先も漫然と暮らすことなく、日々の暮らしを慈しみながら過ごしていきたいという思いを膨らませました。70歳になった時に、もしもホノルルへのコラム寄稿が続いていれば、この受賞作を含めて1冊の本に出来たら嬉しいな～と、65歳だった私はふと夢を抱きました。

✳ 謝 辞

　留学期間の7ヵ月にたくさんの虹を見つけて、感激しながらカメラに収めていた時間の思い出は、時に私をポジティブに優しく包んでくれます。

　人生の最終章の初めで、私は煌く宝石のような記憶を脳裏に残せた64歳からの"人生のサバティカル留学"の冒険は大きな病気や怪我に見舞われることも無く幸運でした。ホノルルで過ごした留学期間の思い出が、人生百年時代を穏やかな心で日々を感謝して暮らす力になってくれる様な気がしています。

（ホノルル『天国の海』にて、揺らめく海中の私の影）

この本の中の小さな言の葉のしずく一滴が、七色の虹となり、拙著にお付き合い頂きました皆さまの元へ届きますようにと祈っております。

　　　ご拝読に心より感謝申し上げます。

　　　ありがとうございました。

　本作の執筆にあたり、身内・友人・知人たちの協力や掲載に許諾をくださいました皆さまの応援や、"日刊サンハワイ"からも、寄稿しておりましたコラムを一冊の本にすることをホノルルより快諾してくださいましたことに心より御礼を申し上げます。

　留学中に"日刊サンハワイ"へ、コラム掲載ができますようになりましたことは想定外の嬉しい出来事でした。編集部の村田祐子様には、64歳からアラ古希のいまに至るまで毎回パソコンから送信していますコラムへの励ましのお言葉やアドバイスを頂き有り難い限りでした。

　帰国前に、自分と同年輩位でアメリカ人男性と結婚されている日本人女性が「あなたのコラムを楽しんで読んでいますよ。帰国しても続けてくださいね」と言ってあたたかくハグをしてくださいました出来事がありました。それは、とても感激的な思い出で素敵な励ましの記憶となっています。

　私に知識を与えてくれます様々なネット情報や書籍など。また、天から降ってきたようにヒントを与えてくれましたハプニングや出会いの数々に感謝したいです。

　幸いにも日本橋出版の大島様が上梓を勧めてくださり5年分のコラムを1冊の本へとの夢が叶いましたのは、幸運の"アラ古希万歳で賞"を与えてくださったように思えます。

そして、私が、（Somewhere over the rainbow虹の彼方に）と
夢見た夢は、上野千鶴子先生からこの本へのメッセージが届きま
すように、でした。その夢が叶いましたことは感動的な奇跡！
なんとか覚束ない道行ながらも精一杯に生きてきてよかった、と
自分の紆余曲折だった人生に二重丸の花丸印を送ろうと思いまし
た。
　辛い事は永久には続かない、小さな喜びに気付ける心さえ失わ
なければ、人生にはふと美しい虹がかかるような時がやって来る
はず。雨上がりの虹はどこで見てもいつ見ても美しい……。

2020年早春

髙木絹子

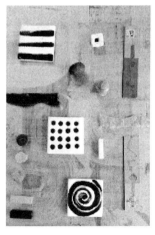

【参考図書】

『火花』／　又吉直樹著／　文藝春秋刊／ 2015年

『てぶくろ』／いもとようこ著／講談社刊／ 2014年

『100歳になっても脳を元気に動かす習慣』／多胡輝著／日本文芸社刊／ 2011年

『百歳の力』／篠田桃紅著／集英社新書刊／ 2014年

『何があっても大丈夫』／櫻井よしこ著／　新潮社刊／ 2005年

『句集　仙翁花』／松本幸四郎著／三月書房刊／ 2009年

『心に折り合いをつけてうまいことやる習慣』／　中村恒子／奥田浩美（著）／　すばる舎刊／　2018年

『今という一瞬に、一生の幸せがある』／矢作直樹著／廣済堂出版刊／ 2019年

『70歳のたしなみ』／　坂東眞理子著／　小学館刊／　2019年

『LIFE SHIFT（ライフ・シフト）』／リンダ・グラットン／アンドリュー・スコット（著）／　池村千秋（訳）／東洋経済新報社刊／　2016年

ご協力者様名（一部）

＊ハワイの絶景隠れ家サロンオーナー

利衣子 (りいこ)

Mermaid Cove Spa & Salon

www.mermaidcovespa.com

aloha@mermaidcovespa.com

1-808-738-7138

＊ハワイでトータルボディーケアーのサロンオーナー

Kiku（キク）

K of Aloha LLC

ウェブサイト：https://kofaloha.shop

Line I.D : kofalohallc

＊開運アドバイザー

早乙女翠（さおとめ・すい）

日本旅行作家協会理事

ブログ「ＳＵＩＳＵＩキラぴか旅ブログ」

http://kirapikatabi.blog.fc2.com/

＊松田朝子

トラベルライター

ＬＩＮＥトラベル

https://www.travel.co.jp/guide/article/34682/

オリンポスの神々も訪れたギリシャの避暑地。ペリオン半島の村々

＊ラッパーあきらめん(村本 晶)

https://alohamen.jimdofree.com/ハワイのお勉強/第一回-alohaってどういう意味/

公式YouTubeチャンネル：AKIRAMEN TV【ラップで教える英語学習】

https://www.youtube.com/user/akiramomoyama

Twitter:@akiramen

Instagram:@akirameeen

著者プロフィール

髙木 絹子 （たかぎ きぬこ）

1949年　北海道旭川市生まれ
　　　　北海道旭川東高等学校卒業
　　　　学習院女子短期大学英文科卒業
1984年　旭川市民文芸賞創作「ベルーシの涙はスニーカーブルース」で受賞
1985年　同作品が、NHK北海道創作ラジオドラマとなる
1987年　アメリカシアトルへF-1ビザで留学。グリッフィンカレッジ卒業
　　　　留学中シアトル日本語放送局JENにて「子連れ留学こぼれ話」を担当
1997年〜2001年　北の生活産業デザインコンペにて、入賞・入選
2002年　財団法人中小企業総合研究機構会長賞を「マグネットアート」で受賞
2009年　「NAMIURA浪裏」（吉森文那名義で）文芸社より上梓
2011年　日本旅行作家協会会員となる
　　　　TASK（台東区・足立区・墨田区・葛飾区）ものづくりコンテストにて、
　　　　「粋柄モノトーンアクセサリー」奨励賞受賞
2013年　美術の祭典「東京展」会員となる
2014年　ハワイホノルルへM-1ビザで留学
2015年　ハワイマッサージアカデミー卒業
　　　　ホノルル留学がきっかけで、「日刊サンハワイ」へコラム寄稿を始める
　　　　ロングステイエッセイ大賞佳作を「アローハへの留学」で受賞
　　　　（本作の終章にて加筆上梓）
2016年　美術の祭典「東京展」、マグネットアート「磁在遊感2016」奨励賞受賞

　　現在は、マグネットアート及び陶磁器アクセサリー等をミュージアムショップに
納めている株式会社エピックス（工房【G-club】）の役員兼クリエーター

　　※本作は、2014年9月から2019年10月までに、ホノルル日本語新聞「日刊サンハワイ」へコラム寄稿（タイトル：ハワイ留学“60代からのユルユラAloha留学”ペンネーム：蒼井絹子）にて掲載されましたものを上梓に当たり一部加筆しました。エピローグ・プロローグは自身の留学前と後の懐古。
　　そして、帰国後に「ロングステイエッセイ大賞」へ応募投稿しました「アローハへの留学」を加筆修正しましたものもエピローグに含めて再構成を致しました。

JASRAC 許諾NO 2002532-001

人生の"サバティカル"留学

"充電と休養"の時間での学びはセラピーでした

2020 年 11 月 17 日　第 1 刷発行

著　者　髙木 絹子
発行者　日本橋出版
　　　　〒 103-0023　東京都中央区日本橋本町 2-3-15
　　　　　　　　　　共同ビル新本町 5 階
　　　　電話 03(6273)2638
　　　　https://nihonbashi-pub.co.jp/

発売元　星雲社（共同出版社・流通責任出版社）
　　　　〒 102-0005　東京都文京区水道 1-3-30
© Kinuko Takagi Printed in Japan
ISBN978-4-434-26870-0　C0026